EXIT STRATEGY

撤离战略

MARTHA WELLS

[美]玛莎·威尔斯　著

艾德琳　译

北京联合出版公司
Beijing United Publishing Co.,Ltd.

图书在版编目（CIP）数据

撤离战略 / （美）玛莎·威尔斯著；艾德琳译 . --
北京：北京联合出版公司，2022.2
ISBN 978-7-5596-5312-3

Ⅰ.①撤… Ⅱ.①玛… ②艾… Ⅲ.①幻想小说－美
国－现代 Ⅳ.① I712.45

中国版本图书馆 CIP 数据核字 (2021) 第 102219 号

北京市版权局著作合同登记号：图字01-2021-1189

EXIT STRATEGY
Copyright © 2018 by Martha Wells
Published by agreement with Donald Maass Literary Agency
through The Grayhawk Agency Ltd
Simplified Chinese edition copyright © 2022
China Pioneer Publishing Technology Co.,Ltd
All rights reserved.

撤离战略

作　　者：[美] 玛莎·威尔斯
译　　者：艾德琳
出 品 人：赵红仕
责任编辑：夏应鹏
封面设计：吴黛君

北京联合出版公司出版
（北京市西城区德外大街83号楼9层 100088）
北京新华先锋出版科技有限公司发行
涿州汇美亿浓印刷有限公司印刷　新华书店经销
字数101千字　620毫米×889毫米　1/16　12印张
2022年2月第1版　2022年2月第1次印刷
ISBN 978-7-5596-5312-3
定价：49.00元

我确实有思虑过多的毛病；作为一个半有机的杀手机器人，焦虑是我的原罪。

——杀手机器人语录

如果你正在寻找一个以幽默来完美调和恐怖场景的神秘故事，那么该系列正是你需要的。

《喧嚣》
杂志

读者们渴望与杀手机器人一起经历一场更大、更刺激的冒险之旅。无需多言，我已经迫不及待地想看下一本书了。

藏书室博客

这是一部很棒的"太空歌剧",是一次经典的太空冒险,且现代感满满!杀手机器人凭借独特的观察力和令人上瘾的内心独白,成为我心中最喜爱的科幻小说角色之一。

《奇幻与科幻》
杂志

这是玛莎·威尔斯"杀手机器人日记"系列小说有趣的结尾。

最后一本书的情节没有什么特别之处，将我们的注意力更多放在了杀手机器人身上。在这部小说中，杀手机器人又进行了一场激烈的战斗，目的是为了拯救曼莎博士。在《撤离战略》中没有再出现有趣的人工智能的角色，如上两本书中的"阿特"和"米琪"。但我想这样也好，杀手机器人应该和更多的人类进行互动，克服它的社交障碍。我提醒读者们要做好心理准备，因为我们最喜欢的杀手机器人可能会遭遇危险。

总而言之，我觉得这是一个有趣的故事，杀手机器人是我遇到过的最好、最有趣的虚构人物之一。

盖文

4

"杀手机器人日记"系列的最后一本《撤离战略》确实给人留下了深刻的印象。从一开始，你会发现这本书带我们回到了故事的最开始，将所有的人物和事件重新联系起来。

"灰泣"公司的阴谋一直是书中的主要元素，每一本书都是在前一本的基础上，构建一个更大的故事，同时又不断增加杀手机器人在保护人类过程中所遇到的风险。认识到这一趋势后，我对《撤离战略》抱有很大期望，而且最终没有让我失望。

总而言之，"杀手机器人日记"系列绝对是一套优秀的科幻小说作品，读起来有趣的同时，又让人久久难以忘怀。我对即将到来的小说感到非常激动，我很期待看到玛莎·威尔斯接下来会把这个杀手机器人角色带到哪里。

梅尔

（亚马逊精选五星评论）

是我心中 2020 年的十佳书籍之一！

我仍然很喜欢杀手机器人，在有趣的同时还会令人感到温暖。

本书是"杀手机器人日记"系列的高潮。我最喜欢该系列的《紧急救援》和《撤离战略》，这两本书的情节多次令我感到紧张，却又无法放下。

总的来说，《撤离战略》是完美的结局。我迫不及待地想知道作者会如何继续这个故事。

阿什利

（亚马逊精选五星评论）

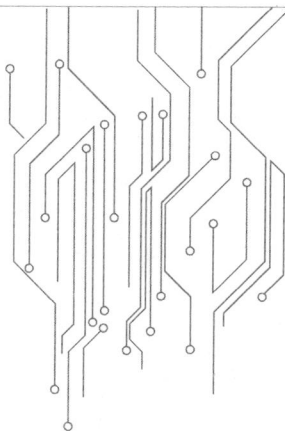

日记

杀手机器人

这是一部虚构的作品，该小说中出现的所有人物、组织以及描述的事件，均为作者想象。

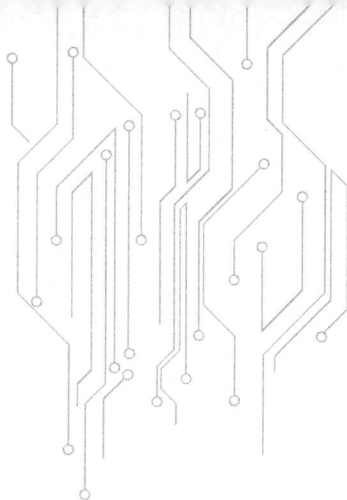

第一章

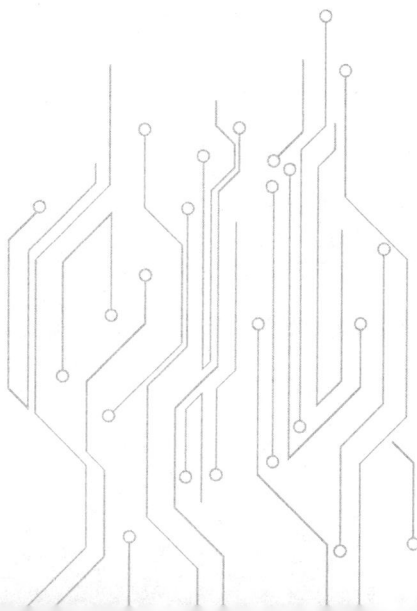

撤离战略
EXIT STRATEGY

/////////

我回到哈夫拉顿站的时候，碰到了一大堆想杀我的人类。不过考虑到我心里也整天都琢磨着怎么杀死人类，双方也就算扯平了。

补给飞船正在靠岸，我焦急地等待着接收哈夫拉顿站的信息流。虽然这艘补给飞船只有一个最低级的主控电脑，它的大脑和个性与热屏蔽发生器差不多，但我还是监视着它所有的输入流，及时捕捉到了导航发来的警告信息（我知道这艘飞船不会故意背叛我，但它无意间出卖我的可能性一直固定在84%）。

警告是由哈夫拉顿港务局发来的，他们命令这艘飞船更改停靠位置，从私人商务码头槽位转到公共乘客登船区的末端。

我手中还有在搭船去米卢之前拿到的哈夫拉顿站台结构图。我发现这个登船区的末端就在港务局码头旁边，那里也是站台安保团队的部署点。

哇，真是一点儿都不可疑呢！

他们是想抓我吗？威尔肯和格斯曾经也搭载过这艘飞船去米卢，目的是阻止"晚安登陆者"独立公司回收"灰泣"废弃的仿地形设施，所以站台上的人也有可能是想抓她们两个。当然，她们现在说不定已经被"晚安登陆者"独立公司抓起来了。这也有可能是"晚安登陆者"独立公司要求哈夫拉顿站做一次例行的证据收集。

不过这些都不重要了。如果真的有人等着搜查这艘飞船，那它靠岸的时候我就不能待在船上了。

我可以指挥飞船飞向另一个码头，不过这可不是什么好主意。如果我这样做了，港务局便会知道有人躲在这艘飞船上，因为它明明在信息流乘客表里写清楚了目前并没有搭载乘客，而且只保留了最低限度的生命维持系统。就算是哈夫拉顿这种全副武装的大型站台，在面对反常态的飞船停靠时也会加倍小心，因为可能有匪徒藏在船上，意图渗透站台（如果真有人这么做的话，那未免也太过愚蠢了，因为这艘飞船根本就藏不下几个匪徒，这么点人最多只能惨死在登船区的枪口下，根本就掀不起什么风浪，不过我这辈子都在和安保合约打交道，目的就是为了阻止人类做出

这种惨不忍睹的愚蠢行为)。如果站台指挥部的担心上升到一定程度，他们就会向这艘飞船开火。虽然这艘飞船反应挺迟钝的，但它一直都在尽心尽力地工作，我实在不忍心看它受到伤害。

幸好我还有那套撤离防护服。

在打败战斗机器人之后，我穿着这套撤离防护服逃出了阿本恩的穿梭飞船——又是一件我希望能从记忆中删除的事情。想这样删除记忆是行不通的。虽然我可以从我的数据储存里删除一些东西，但并不能抹掉我脑袋里有机部位的记忆。我的记忆被公司清除过几次，其中也包括之前那次大规模杀人事件，然而那些画面就像无穷无尽的家庭肥皂剧里的鬼魂一样在我的"脑海中"萦绕不散。

我其实挺喜欢看那种拍个没完的家庭肥皂剧，但是在现实生活中，有些记忆缠着你阴魂不散的感觉真的不怎么样。

我之前本来已经准备好到站下船，所以就把防护服放进了补给柜里。我想既然这艘飞船很少客货同载，肯定要很久之后才会有人注意到这件防护服不在物品清单上，然后才开始着手检查它的文件和登记信息。现在我又开始手脚麻利地把它从补给柜里取出来，我真的不想被人抓住。

　　我把包塞进我的夹克衫底下，穿上防护服并且启动了它。补给飞船完成了停靠动作，向指定槽位滑去，我来到了另一头货物分离舱的气闸锁前。飞船上的无人机们聚在一起，困惑地看着我从错误的门出去，向我发来难过的"嘟嘟"声。飞船在站台上落锁的时候，我从气闸锁溜了出去，并且发送了一条关门密封的指令。当我贴着飞船的外壳逃走时，删除了它记忆中最后一点儿我存在过的痕迹。

　　再见了，小飞船。你在我最需要帮助的时候帮助了我。

　　如果有关米卢事件的消息搭着一艘速度更快的飞船传了出来（我这艘飞船的运行速度充其量也就算得上是优哉游哉），那么它很轻易地就能比我先到。站台上的人可能已经知道了有个护卫战士去过米卢，在面对三个战斗机器人时毫不畏惧、大杀特杀，救了一些人类，但没能救下一个人形机器人。而这艘补给飞船是事情发生后离开米卢的唯一交通工具。

　　当他们搜查的时候，我既不在船上，也没有留下任何活动过的痕迹，那么事情就会变得更加扑朔迷离。虽然我不需要食物和使用废物清理装置，但我确实耗费了一点儿额外的空气，还用了一下淋浴喷头，不过我清除了回收日志。如果法医学扫描真的像

娱乐频道里演得那么有用的话，可能会找到我曾经登船的证据。不过仔细想想，我其实并不知道那种东西到底有没有用。

记得提醒自己：查查看真正的法医学扫描是怎么回事。

我进入了站台的一侧，一边搜索信息流和通信信号，一边对安保摄像头、无人机以及其他东西进行物理扫描。其他飞船都在附近落锁，但我只能看见它们的船体和笨重的货物分离舱。这里没有巨大的观景窗，也没有人类在里面东张西望，更没有人想知道这个穿着防护服亡命天涯的无名护卫战士究竟是谁。我捕捉到了一些信号，要么是碎片探测器，要么是货运机器人指引。货运机器人正用一排磁性夹钳将分离舱固定在站台上，我沿着它的轨迹往前走，发现一个机器人正在从一艘大型货运飞船上卸载货物舱。这艘飞船目前处于无人驾驶状态，船员们都休假去了，乘客也都下了船。我问货运机器人能不能等我先上去，它再放入新的空货舱。它说当然可以。

人类从来就没有想过要教会机器人一些事，比如不要和站台上游荡的陌生人说话。机器人明白要汇报并且击退盗窃的企图，但从来没有人告诉它们不要回应其他机器人的礼貌请求。

我爬进空货舱，向气闸锁走去。我给飞船发了个消息，它也回应了我。我没时间贿赂它了，所以我就把刚刚从货运机器人存储器中取出的站台官方搬运安全密钥发了过去，问它我能不能先进去，再从船舱另一边出去进入码头。它回复说当然可以。

我进入循环开启的气闸锁，脱下了撤离防护服，找到一个储物柜把它放了进去。我来到主气闸锁前，借用安保摄像头看了看自己的样子。在补给飞船上的时候，我就已经用乘客休息室里的清洁设备，把衣服上的血迹和机液都清理干净了，可惜船上并没有什么东西可以用来修复弹孔和碎片造成的割痕。好在我穿的这件夹克衫是深色的，所以这些破洞都不太明显，而且衬衫领口的高度刚好能盖住我脖子后面已经禁用的数据端口。

一般情况下，这都不算什么问题，因为大多数人类都没见过不穿装甲的护卫战士，他们会以为那个数据端口只是一个强化设备。如果指示补给飞船改变停靠地点的那些人类是来抓我的，那他们可能就会知道一个没穿装甲的护卫战士外表和强化人类差不多。

我总会过度注重细节，也可能是我想多了。我确实有思虑过多的毛病；作为一个半有机的杀手机器人，焦虑是我的原罪。

我再次确认自己在运行之前写好的代码，目的是让我的肢体

语言更像人类。我从飞船的日志里删除了所有我留下的痕迹，然后离开主气闸锁，进入站台码头。

我已经接入了信息流，并且利用信息流破解了中转站的武器扫描无人机，让它们忽视我的存在。破解武器扫描器向来是我行动的重点部分，因为我的前臂上有两个内置的能量武器。这次就更是重中之重了，因为我包里还装着一把穿甲弹投射武器和一些弹药。

这是我在离开米卢时，从威尔肯和格斯那里顺来的武器。在回来的路上，我花了一些时间用飞船上的工具箱把它拆开，又重新组装成了更为紧实的样式，这样就方便我把它藏在身上了。所以现在的我不仅仅是个叛逃的护卫战士，还是一个携带着危险武器，可以击穿安保人员装甲的叛逃护卫战士。我猜这样可能更符合人类的想象吧。

与我之前离开"自由贸易港"时相比，现在想骗过武器扫描器就要简单得多了。这要归功于我遇到过很多种不同类型的安保系统，对它们的怪癖都已了如指掌。但真正帮了大忙的其实还是那些编码的努力和与不同系统合作的经历，我才得以开辟了一些全新的神经通路和处理空间。还在米卢的时候我就发现了这一点，当时我在没有中心系统或安全系统的协助下，独自完成了处理多重输入的任务，当时我还以为我的大脑会内爆呢。谁又能想到是努力工作帮我进步的呢？

按照我的地图，我离开了安全的（应该是安全的）码头区域，沿着人行道朝站台的购物中心走去。这条路穿过了公共登船区尽头的港务局码头，补给飞船就停靠在那里。

我已经在人群中待得足够久，按理说应该不会再感到惊慌失措了——我之前还和一群人一起挤在一艘飞船上，他们都以为我是个强化人类安全顾问，全程都在我耳边喋喋不休。其实我心里还是有点儿惊恐的。

这都什么时候了，我真的应该克服这种恐惧了。

混在这么多飞船乘客里，我还是会感觉很不自在。不过好在大家互不认识，每个人都边走边在信息流里查看信息或浏览娱乐频道。补给飞船的槽位前就是人行道，我发现有一大群人都站在下面的登船层上。和其他乘客一样，我也把头转过去向下望了一眼。

总共有二十三个人，他们都穿着动力制服，带着重武器，排好队准备登船。其中并没有护卫战士的装甲，我也没收到其他护

卫战士用于试探我的消息，所以他们可能都是人类或者强化人类。还有四十七架大小和武器配备都不统一的安保无人机在他们头顶盘旋，已经做好了一收到部署命令就蜂拥而上的准备。我捕捉到一架站台安保无人机，让它放大了人类制服肩膀上的图标。我一时没有认出来那是什么图标，只知道它并不是哈夫拉顿站的图标，于是我就标记了它，准备稍后再进行图片检索。

哈夫拉顿站台的安保人员也在，不过他们都守在港务局区域的入口处，远远地看着这边的登船行动。不管是哪个安保公司和哈夫拉顿签合同，他们都派了一支武装部队进来。估计花了一大笔钱，而且还暴露了他们的担忧程度。如果只是搜集证据的话，哪用得上二十三个穿着动力制服的安保人员外加一整支安保无人机舰队。

安保公司的人在码头区域内走来走去，而站台安保人员只能用他们的无人机观察情况。我检查了一下被我捕获的那架无人机的录像缓冲区，找到了一段被截获的信息流量，时长将近一小时。我下载了下来，并且以"护卫战士"为关键词进行了一次查询。结果立刻就跳了出来。

"你觉得这个叫'护卫战士'的玩意儿真的在船上吗？"

"情报显示很有可能。我——"

"它的操作员也在船上？"

"白痴，它没有操作员，所以才叫'叛逃的护卫战士'。"

哦，没错。他们就是来抓我的。

在米卢，威尔肯和格斯认出了我是一个护卫战士。当时我倒还可以顺势混入团队之中，但我真的不希望再发生一次这种事情了。

最好再也不要发生了。

我的朋友阿特帮我进行了一次身体结构改造，在我腿上和胳膊上各截去两厘米，这样针对护卫战士标准身形的扫描就找不到我了。它还修改了我的代码，让我的一些身体部位长出了稀疏、柔软的很像人类的体毛，还改变了我的皮肤和无机部位之间的连接方式，让后者看起来更像强化设备。虽然都是些细微的改动，但它觉得这样可以在潜意识层面减少人类的怀疑（阿特就是这样，向来狂妄自大）。代码的改变也让我的眉毛和头发变得更加浓密了，虽然只是小小的变化，却让我的面貌大为不同。我不喜欢这样，但为了保命，这是必须要忍受的。

不过这些变动还是不足以骗过那些熟悉护卫战士的人类（说

实在的，当着威尔肯和格斯的面飞奔过去跳到一堵墙上，就已经彻底泄露了我的身份，她们都不用再仔细看我一眼）。我能够控制自己的行为（呃，勉强吧，基本上能），但我还需要控制自己的外表。

所以还在补给飞船上的时候，我就利用阿特的模板，临时修改了一下自己的代码，让我的头发又加速生长了 2 厘米（加速是因为如果我搞砸了，最后把自己变成了一个两足长毛怪兽，那我起码还有机会可以修补一下）。达到了我想要的效果后，我就让它停下了。

为了检查一下结果如何，我便从归档的视频里找出了一张图片，是曼莎博士用摄像头拍下的一张照片，上面我的脸庞还比较清晰。我一般不会用摄像头来观察自己，因为我又不是自恋狂！但我当时有合约在身，只能被迫收集客户们的信息流数据。从时间戳上来看，这张照片是我们站在"跳跃号"外面，"灰泣"的人正在追杀我们，曼莎博士让我在其他队员面前露脸时拍下的，为了取得大家的信任。

我把老照片和现在用无人机摄像头拍下的新照片进行了对比。经过了这么多的改变，我现在看起来确实是换了副样子，而且更像人类了。

我简直更讨厌我自己了。

现在我已经回到了哈夫拉顿，还有一支尚未明确身份的安保部队正在寻找我，这个新面貌自然就派上了用场。下一步我就要扔掉我这身衣服，免得被人发现上面的弹孔。我来到中转站商场的边缘，强迫自己走进了一个大型售卖旅客补给品的地方。

我之前用站台的自动售货机买过记忆夹，但我还从来没有踏入过一个真正的商店。虽然商店里面也都是全自动售货，而且我在娱乐频道上追了那么多剧，按理说也知道进店后该怎么做了，但我还是感觉很不自在（我说"不自在"，其实就是说我的焦虑水平已经达到了抓心挠肝的地步）。幸运的是，显然还是有一些人类和我一样找不着北，因为我一进店，商店的信息流就立刻给我发来一个交互式指引模块。

它指引我走进一个没有人的自动售货亭，这里是完全封闭的。我让它关上了隐私防护门，一下子放松了下来，就连我的性能稳定性都上升了半个百分点。摊位扫描了我的硬通货卡，然后给我提供了一份货品清单。

我从众多标签中挑选了"基本款""实用款"和"旅行必备"

这几个。但究竟该选长裙、阔腿裤、卡夫坦长衫 [1]、紧身短上衣还是及膝夹克衫，我有些犹豫了。不如把它们全买了，都套在身上，作为我和外部世界的缓冲区。这个想法确实不错，但我不习惯穿这么多人类衣服，而且这样穿还有可能会暴露我的身份（我花了很长时间才搞清楚在走路和站立时，我该把胳膊和手放在哪里；每多穿一件衣服都会增加吸引不必要目光的可能性）。围巾、帽子和其他头部与面部的遮盖物也挺不错的，其中有些还具有人类文化功能，但一个想隐瞒自己身份的护卫战士不就是会像这样遮遮掩掩的吗？如果有额外的安全扫描器，我这样穿可能更会引起它们的疑心。

到目前为止，我已经穿过了两套不同的人类衣物，所以我对自己适合什么衣服已经有了更清楚的了解。我选了一双工作靴，外表看上去和我从"自由贸易港"偷来的那双差不多，它可以自己调节尺寸，而且还有一层防护罩，在重物掉下来砸中脚时，能起到保护作用，对人类来说可能更有用，对我来说就一般了。然后我又选了一条带有很多密封口袋的裤子，一件领口可以遮住我

---

[1] 指长袖或者半袖的及踝外套、裙子，由羊毛、开司米、丝绸、棉布制作，以自由流畅的线条为标志。

数据端口的长袖衬衫，以及一件柔软的连帽夹克衫。好吧，我选好的衣服和我现在身上穿的差不多，只不过一套是黑色、一套是深蓝色。我授权付完款后，包裹就从货槽里掉了出来。

穿上新衣服时，我有一种很奇怪的感觉，这种感觉一般只有在我找到一个娱乐频道上的新节目，而且观看后感觉真不错的时候才会产生。我"喜欢"这套新衣服。可能都不需要加双引号，因为我是真的很喜欢。除了从娱乐频道上面下载的内容之外，我一般都不会轻易喜欢上别的东西。

说不定我喜欢这套衣服是因为它们都是我亲手挑选的。

真的有可能。

我还买了一个新的背包用来替换旧的，这个新背包质量更好，还有更多可密封口袋。我穿好衣服后，把旧衣服扔进商店的回收器里，还得到了一个意外的折扣。然后我就离开了摊位。

我回到商场里，混入人群之中，开始下载新的娱乐媒体和飞船时刻表，并且开始在信息流里搜索新闻报道。我搜索那张带有安保公司图标的照片，得到了一个名字：帕利塞德。我也开始针对这个名字进行搜索。

我最好尽快离开哈夫拉顿，再想想到底该怎么带着记忆夹回

到曼莎博士身边。

我藏在胳膊里的记忆夹存储了很多数据，都是直接从米卢的挖掘机那里提取出来的，里面有"灰泣"利用仿地形设施做幌子，背地里非法开采奇特合成物的证据。我在威尔肯和格斯的包底下发现的那个记忆夹里面的内容就更劲爆了。她们经过小心的组织和严密的编排，记录下和"灰泣"合作的历史，里面的内容可以随时交给记者或"灰泣"的竞争对手公司。我觉得她们可能是想利用这个东西敲诈"灰泣"的钱，也可能是害怕"灰泣"连她们也杀了灭口，以此作为自保。不管目的是什么，现在这东西都落到我手上了。

最稳妥的做法是亲自把这些记忆夹交给曼莎博士，这也是我目前的想法。只不过我不太清楚自己是否还想再见她一面（或者说得更准确一点，我不知道她还想不想再见到我）。

一想到她，我的内心五味杂陈，但我现在并不想处理。或者说，我想一直拖下去永远都不处理。不过眼下针对该怎么把证据交给曼莎博士这个问题，我也不用匆忙做决定（没错，刚刚那句"或者说，我想一直拖下去永远都不处理"也适用于这里）。不管怎样，我总还是能闯进她的住处，把记忆夹放进她的个人物品里，然后再给她留张便条（至于这张便条，我想了很久该写些什么，我也有别的选择，不过我可能还是会写："希望这些证据能帮你告赢'灰泣'。"署名：杀手机器人）。我现在需要集中注意力，想办法弄清楚她现在究竟是在"自由贸易港"，还是已经只身回到了"奥克斯守护组织"。

我的新闻搜索里爆出了一连串热点新闻，热搜榜上排名最高的标签让我停下了脚步。好在我已经走到了商场里一个比较宽敞的地方，大型飞船航线的办公室都坐落在这里，周围人群稀疏，纷纷从我身边穿行而过。我走到了离我最近的办公室入口前，利用他们的专属信息流来播放广告和信息视频。这个位置也不太理想，但我必须先找个地方站着才能专心阅读这条新闻。

曼莎博士被"灰泣"指控从事商业间谍活动。

我上一次在这个中转站接收新闻的时候还一切都好，怎么突然就变成这样了呢？目前确实有很多官司都在同时进行，但摆明了"灰泣"就是暴力袭击其他调查小队的罪魁祸首。除了所有证据之外，我的信息流录像和曼莎博士的防护服摄像头视频都记录下了"灰泣"的代表亲口承认罪行的一幕。就连以前我所属的那个只会用便宜货的白痴公司都不可能打输这种必赢的官司。

但显然有人可以。曼莎博士是一位来自非公司政治实体的行星级领袖，她怎么可能被指控从事什么商业间谍活动呢？我的意思是，我对人类的法律诉讼一无所知，因为我们从来没有安装过学习这些内容的教育模组，不过听起来也太不可思议了。

我克制住内心的愤怒，看完了新闻剩下的部分。"灰泣"提出了指控，但没人知道他们是否真正提起了诉讼（被告反而起诉？这是真实存在的法律术语吗？）。这些都只是猜测，因为记者们找不到曼莎博士。

等等，怎么回事？

所以她人到底在哪儿？其他人又到哪儿去了？难道他们都回"奥克斯守护组织"去了，留她一个人在"自由贸易港"？我之前做过一点儿研究，发现"奥克斯守护组织"对待行星级领袖的态度是非常随意的，就连曼莎博士的家里竟然都没有雇保镖。但他们也不至于做出把她一个人留在"自由贸易港"这种蠢事吧？那鬼地方什么危险都可能会找上她，或者已经找上她了。

我真想一拳打穿旁边的公司标志牌。这些笨蛋人类怎么就不懂得保护自己呢？又怎么就能把什么地方都当成他们那个愚蠢、无聊又安全的"奥克斯守护组织"呢？

很明显，我错过了一些重要事情的进展，我需要更多信息。我顺着新闻时间线往前翻，彻底搜索了一次相关标签，尽量让自己不要恐慌。根据"自由贸易港"为了摆脱记者的穷追猛打而不得不公布的信息来看，阿拉达、欧弗思、巴拉德瓦杰和沃勒斯库已经于三十个周期之前离开了"自由贸易港"，回到了"奥克斯守护组织"。曼莎本来应该和其他人一起离开的，但她并没有这样做。还好，到目前为止还没发现有什么噩耗。

有一个数据点深藏在另一条新闻里面，我差点儿都没发现。据"灰泣"发布的一条消息称，曼莎博士已经前往特兰罗林希法回应他们的诉讼，然而"自由贸易港"无法证实这一点。

这什么"特兰罗林希法"又在哪里？

我在公共信息流的知识库里疯狂地搜索，发现特兰罗林希法是一个中转站，还是一个重要的交通枢纽，那里有将近 200 家公司入驻，其中也包括"灰泣"，他们的公司总部就在那边。所以那里也不完全是敌占区。然而知道了这一点也并没有让我感觉好起来。

接下来一条相关新闻推测说曼莎博士确实去了特兰罗林希法，因为她要去那里寻找更多可靠的证词，这样才能赢得起诉"灰泣"的官司。再后面一条新闻推测说"灰泣"针对她的起诉很可能是捏造的，所以她必须前往"灰泣"驻地做证，以便对此进行澄清。可怕的是，"奥克斯守护组织"和我那个前雇主担保公司应该知道些什么，但它们竟然都没有发表任何官方声明，只说她肯定去了特兰罗林希法。

曼莎博士是个聪明人，如果没有安保人员随行，她肯定不会贸然前往敌对公司的领地。如果她是自愿前往特兰罗林希法的，"灰泣"曾经还想杀害她，那么这一趟送命之旅的担保费用肯定会贵出天际，实际操作起来也难如登天。为了保证曼莎博士能活着回来，担保公司只能被迫动用所有武力，包括派出炮舰。担保公司的主要部署中心就在"自由贸易港"，留在"自由贸易港"不仅更安全，也不用花那么多钱，公司肯定会坚持让所有需要做证的当事人都到这里来。

结论：曼莎不是自愿去特兰罗林希法的。

有人骗她、设计她或者强迫她去了那里。但是为什么呢？如果"灰泣"打算这么做的话，为什么要等这么久？为什么还要给目击证人们这么多时间，让他们可以提起诉讼、上庭做证并且向记者提供证据？究竟发生了什么事让"灰泣"这么惊慌……

哦，我明白了！我闯大祸了。

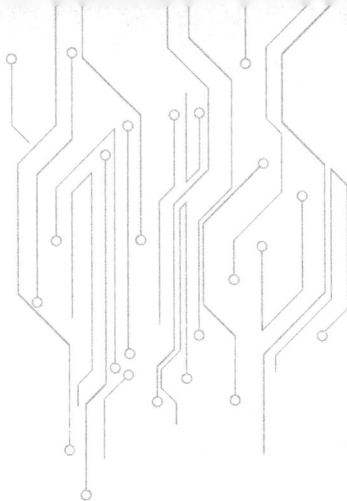

第二章

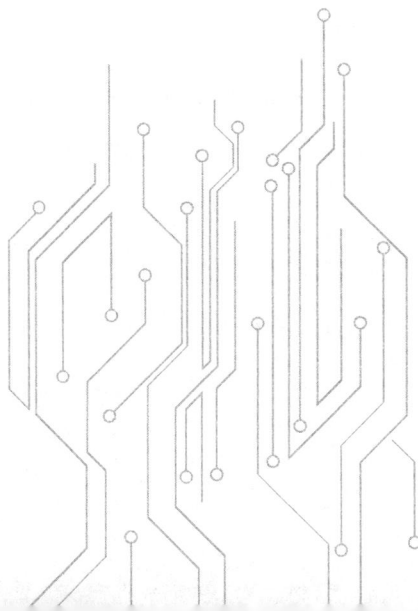

/////////

我得尽快走了，而且不能再搭无人驾驶飞船了。帕利塞德在补给飞船上没有找到我，他们的进度可能会暂时停滞，但不会太久，只要他们还有点儿脑子，就会检查所有的自动飞船。我在时刻表里搜索了超高速搭载船员的客运飞船的名单（我当然不会直接去特兰罗林希法了。虽然我看起来挺蠢的，但其实还不算太蠢），发现有一艘飞船预计四小时后起飞，前往一个重要的交通枢纽。我只要到了那里，就可以去我想去的地方了。

我以前还没有经历过这样的旅程。一开始我是怀疑自己没办法一边入侵身份扫描和支付系统，一边破解武器扫描器的。但现在我没有借口不这么做了，多亏威尔肯和格斯。

我手中还有她们的紧急跑路包，里面装满了硬通货卡和各种不同的身份标记卡。这种标记卡是用于皮下注射的，里面含有身份识别信息。一般情况下，除了专门用来读取身份信息的扫描器之外，别的设备都不能读取里面的数据。不过我可以在我的扫描器上做一点儿小小的调整，就能看到里面的加密内容了，而且早在回哈夫拉顿的路上，我就已经仔细检查过一遍了。

公司边缘地之内的身份标记卡通常都含有很多持有者的信息，但这些都是临时性的，专供来自边缘地之外的旅客使用。里面有一连串来自非公司政治实体的数字，包括旅行授权、始发地和旅客姓名。很明显，这就是威尔肯和格斯有这么多身份标记卡的原因，这样她们就能在必要时转换身份。公司政治实体比其他任何团体都更加热衷于追踪自己的人类。我在媒体节目中见过，在公司边缘地内部，非公民活动是最自由的，其次才是公民、二等公民。至少人类还能把他们的身份识别卡挖出来；而我全身都刻满了公司的图标，想甩都甩不掉。

我来到一个公共休息区，找了一个封闭的隔间，用硬通货卡付了钱，然后在隔间里挑选了一张身份标记卡，名字叫"简"，来自"帕塔罗斯阿布萨洛"。我剥开肩膀周围的皮肤，把标记卡放在下面。只有这里比较方便且不会渗漏。我不得不调低了这个区域的疼痛感受器。

自从离开曼莎博士之后，我时不时就会假装成人类，但这还

是第一次我身上有了能将我正式标记为人类的东西。这种感觉真的很奇怪。

我一点儿都不喜欢。

我在登船区边缘的一个售票亭买了船票，然后进行身份扫描，进入飞船气闸锁时又进行了第二次身份扫描。我不得不破解了两个武器扫描器，而且调整了一下飞船气闸锁旁边个人扫描的结果，把我身上的强化设备数量从"过多"调到了"较少"。

我付钱买了一间带洗手间的私人舱室，还点了一份自动送餐（我不需要这份餐食，但我可以把它倒进废物回收器里，这样舱室里的废物回收水平就会显得比较平衡，免得被人检查发现）。飞船上的信息流把我带进了舱室里，我在走廊上只看到了四个人类，经过休息室的时候又听到了另外五个人类的声音。我的目标就是在接下来七个周期的旅程内，不要再跟他们碰面。

这间舱室比我之前唯一一次搭乘客运飞船时住过的舱室要好多了。里面有一个铺位，上面放着一包被褥和一个小型显示屏，旁边一扇门里面是狭小的卫生间，还有一个可以用来存放个人物品的储藏柜，以及一个餐食分配容器。我关好了舱门，都没有想过先坐下或者至少把背包放下来。我必须趁飞船还没有出发的间隙，利用站台的信息流搜索我想要的信息。

我设置了一条针对"特兰罗林希法"的查询，并且使用了新的关键词，调整了时间限制，以便扩大我的新闻搜索范围。我在前往登船区的路上已经下载了一些新的媒体内容。我知道我需要一些娱乐消遣来缓解焦虑。

我琢磨着我已经清楚整件事的来龙去脉了，至少已经清楚一部分了，但情况非常不乐观。从"灰泣"的角度看来，事情是按这样的顺序发生的：

首先，曼莎博士买下了一个（用过的，还有点儿破旧的）护卫战士，然后这个护卫战士消失了，没人知道它跑到哪里去了。在一次面向整个公司边缘地的新闻采访中，曼莎博士提到需要对米卢事件进行调查，因为"灰泣"抛弃当地仿地形设施的原因很可疑（虽然提到米卢的是记者而不是她，但没有人会在意这一点）。紧接着，一个护卫战士出现在米卢，并且帮助"晚安登陆者"独立公司旗下的一个评估小队拯救了这个设施，让它没有倒塌在星球表面；还找到了证据，可以证明这里进行的是非法矿物开采，而不是仿地形工程。

最后两条消息已经成为突发性新闻，在公司边缘地内部传开了，同时传开的还有阿本恩和其他目击者的报告，以及威尔肯和格斯指证"灰泣"是她们雇主的证词。

很明显，"灰泣"认为是曼莎博士派我去米卢找证据整垮他们的。

这下可就不好办了。

这趟旅程让我倍感压力，就像阿特一边介绍自己一边暗示它准备删除我的大脑一样压力大，又像我忍不住怀念米琪以及亲眼看着艾尔斯和其他人类签了卖身契把自己卖为奴隶一样压力大。

迄今为止，我所有旅程的压力都很大。

这一次我还得面对焦虑，于是我做了我最喜欢做的事——追剧。我在哈夫拉顿随机下载了一个新节目，是一部大型历史连续剧，讲的是早期人类探索宇宙的事情。它被列为有虚构成分的纪录片（我也不知道这是什么意思），不过到处都是附加的侧边栏，里面记录了真实的历史信息，这些应该都是可靠的。原来以前的护卫战士和现在是完全不同的版本，看起来可真够怪的。那时候它们并没有使用克隆的人类身体部位，是那些受了重伤或得了重病的人类，主动捐出自己的人体部位用到它们身上，而且那时候它们还被称作"增强型探测器"。故事主线是一个人类捐出自己的身体部位，成了一个增强型探测器。增强型探测器并不是人形的，但它们可以选择自己的任务，也可以选择和哪些人类合作。它们会和人类反复交谈，给出建议，有时还会组织救援，拯救大家。虽然有可信的侧边栏信息，但我还是不敢相信这居然是真实发生过的事情。第二集看了一半我就没看了，另外找了一部音乐喜剧片来看。

不管怎样吧，不同时间追剧也会产生不同的心境。我之前都是安安全全地待在飞船上追剧，也没有人对我颐指气使，而我现在满脑子都想着是我搞砸了所有事情，而且前途未卜，以后我肯定还会变着花样搞砸其他事情。我已经习惯了前者，真的很不情愿回到后者。

我只能尽力让自己做好准备。我拉取了飞船信息流中有关特兰罗林希法的所有信息，但和我之前在哈夫拉顿下载的那个标准游客信息包比起来，这些信息充其量也就是个更新版，不过它确实提到了很多设在那里的公司基地和总部的名字。

那家叫作帕利塞德的安保公司，在特兰罗林希法也有一间巨大的办公室。我怎么就一点儿都不意外呢？

我还认真改进了一下我的代码，方便对付安保摄像头。之前

在拉维海洛，在我的客户达潘差点儿被杀之前，我就着手做这件事情了。这种方法旨在从摄像头录像中删除拍到我的片段，然后再用之前的画面代替被删片段。虽然不算完美，但我在努力让它变得更完善。我还添加了一些代码，以便遇到不同类型和品牌的安全系统都能生效，还可以控制更多的摄像头，获取更多角度。

当我们穿过虫洞的时候，我很高兴这趟旅程八字已经有了一撇。

我们停靠在一个中转中心，并没有人在那里等着抓我，所以至少说明了威尔肯和格斯的那些证件目前还没有什么问题。我只在那里待了十小时，一直躲在一家过境旅馆的小房间里。我下载了一些新节目，但主要还是把时间花在了从信息库里搜索有关特兰罗林希法的信息上。这真的花费了我很多时间，因为我能访问的大多数信息库都是公司专利信息库，没办法判断里面究竟有没有我要找的信息，只能先硬着头皮黑进去。我也一直在突发新闻里进行常规搜索（没有曼莎博士的新消息，只有很多乱七八糟的猜测，搞得我的焦虑水平直线上升）。

差不多准备离开的时候，我把我那个名叫"简"的身份标记卡卖掉了，又换了一个名字叫"凯兰"的。我本来想再多绕一程，以便混淆视听，但曼莎博士现在生死未卜，我害怕自己已经来不及救她了，于是只能抓紧时间。我买了一张船票，准备搭另一艘高速客运飞船直达特兰罗林希法。

对于我从米卢带回来的那些记忆夹，我反倒有些犹豫不决了。这些东西与威尔肯和格斯的记忆夹，还放在我的手臂里。我现在真的不知道这些信息究竟还有没有用了。

但米琪为这些信息付出了生命，虽然它自己可能都不知道。

把这些记忆夹带在身上，前往"灰泣"的领地绝对是昏招。在过境旅馆的房间里，我已经把记忆夹从手臂里取了出来，然后才出发前往登船区。在路上，我看见了一个快递亭，便停下来买了一个小型快递包裹。我把所有记忆夹放进了防护包装袋里，然后封好了容器。曼莎博士和她所有的婚姻伴侣在"奥克斯守护组织"那里有一个农场，我就是准备把这个快递寄到那里去（我有填面单需要的所有信息，因为它们一直都存放在我的长期记忆存储器里，那还是我的前雇主公司记录的"奥克斯守护组织"的信息。哇，这样看来真的是很久以前的事了）。

我登上了下一班客运飞船，钻进我的私人舱室里，就在这时我收到了一条突发新闻，是一艘刚刚进港的飞船传来的消息。这

是一段来自"奥克斯守护组织"联盟的简短声明，发言人是巴拉德瓦杰博士。

突然看到熟悉的面孔，我心里有一种奇怪的感觉，甚至都没注意到她满脸怒容。她只说"奥克斯守护组织"正在"采取措施"来解决和"灰泣"之间的争端。

好吧。我躺在铺位上，凝视着金属天花板。码头上的夹钳松开时，船内公共信息流传来一阵"嗡嗡"的背景音。我一直在监视私人活动，免得有人在背地里议论说有个护卫战士藏在客舱里，还假装自己是人类。我把巴拉德瓦杰的声明翻来覆去播放了7遍。

先声明我说得不一定对。虽然我能准确解读节目和连续剧里的内容，但想要解读人类讲话中的潜藏情感以及真实人类的外表，则是完全不同的两码事（首先，节目和连续剧的目的就是和观众进行准确无误的交流。而根据我的观察，真正的人类一般都不清楚自己究竟在做什么）。言归正传，我对巴拉德瓦杰的视频声明做出的解读是：曼莎博士被"灰泣"扣留了，"灰泣"拿她的生命来威胁"奥克斯守护组织"发表一段正式的声明，至少要隐晦地提到他们正在与"灰泣"进行友好商谈，以便解决问题。

我回头看了一下一起传过来的其他新闻，发现"德落"还是没有发表任何声明。拜托，"灰泣"可是屠杀你们调查小队的罪魁祸首好吗？我的前雇主公司也没有发声，可能还处于愤怒或自责之中。他们之前投入了那么多设备，签了那么多担保合同，这下全都在这场横祸中打了水漂，估计正在为找谁付钱的事焦头烂额。我的意思是，他们想揪个人出来，为此事付出代价。"灰泣"也许可以付出一大笔钱来买下公司，但到目前为止它还没有这么做。也许"灰泣"根本就付不起这笔钱。

"灰泣"为了那些奇特合成物和外星遗迹在背后做了这么多手脚。现在，他们的勾当搞得尽人皆知了。不管他们拿到那些东西是为了干什么，现在都砸在手里了，既不能卖掉，也不能自己开发。这就意味着他们也走投无路了。

这可不妙，狗急了还会跳墙啊！

四个周期之后，这艘客运飞船穿过了虫洞，我接触到了特兰罗林希法站的信息流边缘。

靠近一看，这个中转站显得更庞大了。它本身就比"自由贸易港"更大，在主外壳下面有三个相互连接的中转环。一般情况下，中转环都是绕着中转站运行的，供人类和强化人类居住活动的主要区域位于正中央。或者我猜是这样，因为除了部署中心之

外，我还从来没去过"自由贸易港"的其他地方，而部署中心又离中转环很近。

我接入了信息流，里面铺天盖地全是广告，交通时刻表和服务列表都被企业广告挤爆了，只剩下静电噪声，因为其他企业就是专门付钱来挤掉这些公共信息的。好吧，都是些没用的东西。我退出信息流，接入了飞船通信频道，它一直在监控港务局信息流。里面还是有广告，但至少港务局还能时不时插上一句话，其中有个词是导航警报。

我将这个警报拉取过来，放到飞船的信息流里，为船员提供的扫描和导航还在信息流里有条不紊地运行着。我发现有一艘公司的炮舰正停在站外。没有进港，也没有在等待可停靠槽位，就是保持在原地不动。

这艘炮舰的归属毫无疑问，导航警告里包含了一个可笑的图标，炮舰也不断在自己封闭的信息流里播送同样的图标，我的无机身体部位上也刻着同样的图标。我检查了一下警报的时间戳。换算成我自己在船上的时间，差不多过了二十个周期。

它可能也是到这里完成另一份合约，但这样似乎就太巧了。除了速度快和能轰炸之外，派出炮舰就没有别的意义了，而且牵涉到炮舰的合约都很难办，因为公司实体和非公司政治实体早就签过了相关限制协议。

我之前想到过，如果曼莎博士真的是自愿来特兰罗林希法和"灰泣"谈判的话，那这份天价担保合约可能就值得派出一艘炮舰。但它为什么又不停靠呢？是曼莎博士需要救援吗？我需要情报，但只有一个办法能搞到我需要的情报。

进站的交通非常拥挤，我们碰上了长达二十七分钟的停靠延误。二十七分钟已经足够我做傻事了。

我潜入了飞船的通信频道。港务局成功在众多广告中，杀出一条血路，发来了停靠协议，里面规定通信频道必须被设定来监控所有的信号流动，包括语音和信息。这样飞船就可以绕过拥堵的站台信息流，接收到其他飞船可能发出的警告或警报。

没有通信系统的帮助，想对这些信息进行分类可谓难上加难，好在我明确知道自己要找的是什么。六分钟过后，我就找到了公司炮舰的加密信息流，缠绕在它的通信信号周围，就像乐曲中的旋律一样。我使用密钥，接入信息流。这样做可能太冒险了，我真的这么迫切地需要情报吗？是啊，没错，我真的需要。我必须知道曼莎博士来这里是为了完成任务还是被胁迫的——我给炮舰

的主控电脑发去一条消息，附带了一段代码，告诉它我正处于隐匿模式。

它回复了已知悉。它以为我也是公司的财产，因为我有解密密钥，而且称呼正确。我认为它不会通知它的船员，它有充分的理由确认这个联系它的机器人也是属于公司的，除非有人问它，否则它不会主动提及。如果换成一个护卫战士，那它肯定会立刻举报我，不过话说回来，另一个护卫战士也会立刻发现我的真实身份，知道我不应该在这里。

我等待着，静静聆听，确保没有人注意到这个来自站外的连接。没有警报响起。我可以看出飞船上的信息流量很小，而且绝大多数时候都处于待机状态，看来是在等待什么。

我做好了心理准备，向主控电脑发去了一条："状态：更新（隐匿）"。在漫长的三秒钟过后，它返回来一段数据爆发。我回复了一条已知悉，然后就从连接中抽身了。

我又把注意力集中在了舱室的天花板上。如果够幸运的话，就没有人会检查主控电脑的联络日志。曼莎博士已经向公司付了买下我的钱，公司也已经将我从货物清单上划掉了，但我没有跟在曼莎博士身边，在公司的领地是没有合法地位的。如果被公司的人发现我在这里，他们随时都可以向站台港务局举报我，或者亲自动手抓我，强行把我拆分成零件，或者对我采取任何介于这两者之间的行动。

我检查了这段数据爆发，确认没有跟踪程序，也没有恶意软件，于是我打开了它。

嗯，目前的情况……就是一场还没爆发的灾难。在炮舰抵达特兰罗林希法后不久，合约状态就从"救援行动：正在进行"变成了"救援行动：由于中立方拒绝访问而暂停，情况升级，已超出合约参数"。这就意味着这艘炮舰是被派来救援一个有危险的客户，但因为救援行动受阻，行动已经暂停，而且原因并不是客户无力支付。客户的证件号码就是曼莎的，和我之前的合约里一样，这就说明这次行动是行星勘探安全担保的一个延伸。说实话，我不知道这种操作原来真的可行，但确实帮我确认了曼莎就在这里，或者至少公司目前的情报显示她就在这里。

那艘该死的炮舰居然就停在这里无动于衷。我猜是"灰泣"想办法让特兰罗林希法站拒绝了炮舰停靠和进行武装活动的请求，这就意味着如果不和特兰罗林希法站安保交火的话，公司的炮舰和武装救援队就不可能登陆，但这样做公司又收不到钱，他们是绝对不会做赔本生意的。

这条状态中的另一段代码是："次要客户状态：已授权离开"。这就更糟了——这说明这份担保合约中的其他人（可能就是李萍、拉提希或古拉辛他们，因为之前有关返回"奥克斯守护组织"人员的新闻报道里并没有提到他们）已经离开了公司的保护，处于独自活动状态。在炮舰和武装站台之间独自活动只有一种可能：他们肯定搭乘了一艘穿梭飞船过去，证明自己没有携带武器，这样才能通过武装活动禁令，得到停靠许可。

这下我要担心的人又多出了三个。

干等着实在压力太大，所以我又找出《圣殿月亮的升与落》中我最喜欢的一集开始看，就在这段时间里，客运飞船完成了进港和停靠程序。然后飞船信息流中发来信号，提醒乘客该下船了。

我之所以会选择搭乘这艘高速非自动驾驶客运飞船，主要还是因为船上总共有一百二十七名乘客，其中有一个四十三人的旅行团。他们没有让我失望，乱成一团叽叽喳喳地下船了。我在他们的簇拥下走出来，穿过登船区，趁他们被自动售货机和广告海报吸引住目光的时候，就已经走到了高架通道的透明管道里。我一直往前走去。

　　此刻，我已经偏移了三个武器扫描器的注意力，并且破解了不同无人机安保摄像头的内部信息流。与我去过的其他中转环和中转站相比，这里针对下船乘客的安保措施更加周密。你还可以分辨出哪些人类和强化人类在查看地图，因为他们走到哪儿都是封锁的区域和堵住的墙。这样的安保会不会太过严格了？

　　我还碰上了至少四个不同的身份识别扫描器。这种扫描一般都针对某些已知的人类或者强化人类，而不是用来寻找某个匿名逃跑的护卫战士（虽然娱乐频道里喜欢大肆渲染逃跑护卫战士的危险，但其实这个问题还远没有那么普遍）。不过我还是很高兴听了阿特的话，让它帮我进行了身体结构改造。我为我采取的每一个预防措施感到无比庆幸，包括之前那些看起来过于偏执的选择。

　　我没有发现任何武装安保巡逻，但发现了一些小型无人机，品牌和配置都和我见过的那些无人机不同。我修改了查询条件，以便屏蔽掉那些该死的广告，然后开始一边下载新节目，一边搜索新闻信息流里的内容，同时注意着港口的公共码头分配表。我好不容易从成堆的广告中查看到港口地图，然后走上了通往站台商场的人行道。

我搭的飞船停靠在第二个中转环上，如果不想坐直升梯上去，就得走很多斜坡往上爬，可我真的不愿意坐电梯。没人发消息试探我，不过我检查了一下站台的公司名录，发现有两家总部设在这里的安保公司会提供租赁护卫战士的服务，它们分别叫作艾诺阿祖和斯达克古马兰。帕利塞德在名录中被列为安保公司，但并不是提供护卫战士的安保公司。这不一定能说明他们公司就没有护卫战士了，只能说明他们没有就这一点打广告。

我不太担心他们会派出护卫战士来对付我。虽然护卫战士可以在视线范围内识别出我是一个叛逃的配备机器人（或者发消息来试探我，这样会更准确），但我们从来没有被用在中转环安保上。安保公司会把我们（它们）当货物一样运到港口，免得吓坏人类。我的意思是，虽然凡事都有第一次，但这种情况确实不太可能发生，顶多就只有15%的可能性吧。

就算他们真的部署了护卫战士来对付我，也要先把我找出来再说。调控中枢不会允许护卫战士入侵别的系统，当然了，它们也发现不了我的入侵，除非有人类指导，否则它们仅凭自己是做不到的（我觉得"灰泣"也不清楚我参与了多少黑客入侵事件）。只有战斗型护卫战士能够在没有人类监管者的情况下，探测或反击我的入侵行为。

尽管如此，我人类皮肤下的神经还是一阵一阵地刺痛。额外的安保措施似乎支持了我此前的理论，又或者说是我的假设。不管怎么说吧，巴拉德瓦杰在新闻中的声明，其实就是在给"灰泣"传递一个信息："奥克斯守护组织"会和他们合作，以求拯救曼莎博士的性命。这样想来，有关曼莎博士被逮捕、将要或者已经被带至特兰罗林希法的新闻，也是有人想传递信息。而且是向我传递信息。

"灰泣"觉得曼莎博士就是通过新闻报道给我传达了命令，让我去米卢收集证据，所以他们会利用新闻报道引我来这里也是理所当然的。不过这并不是什么十分理想的假设。

他们已经抓住了曼莎博士，又为什么还想抓我？他们知道我去过米卢，是怀疑我带着一大堆可以给他们定罪的数据离开了吗？"晚安登陆者"独立公司已经买下了米卢，而且很有可能被"灰泣"惹怒了，所以也开始寻找可以定罪的证据，这样他们就可以运用新闻报道对"灰泣"进行公开谴责。然而"灰泣"还是冲着我来了，就连曼莎博士也没能阻止他们。

不过他们是人类嘛，谁知道他们脑子里又都在想什么呢？

目前事态已经清楚多了，既然我已经到了这里，就要想办法确保我还能全身而退。说到这一点，我已经从安保信息流里获取了不同安保配备的规格和其他信息，并且做了标记，准备稍后再进行详加研究。

我走上最后一个斜坡，周围是一群人类和强化人类，大家都是往上面的站台商场去的。商场里没有一排排的游客休息区，但有很多便宜的小旅馆和自动售货亭。这片区域直接延伸进了一个多层的奢侈品商店和办公区，大部分建筑都呈球状，层层堆叠，盘旋在头顶。这里的信息流是一个由视频、广告、指南和音乐构成的迷宫，与飘浮显示屏、巨大的瀑布全息雕塑、树木和抽象艺术作品竞相媲美。我在娱乐节目里也见过类似的，还见过更好的，不过亲眼见到这幅景象时还是完全不一样的感受。就比如说吧，我的摄像头角度就不太理想。四处游逛的人类和强化人类也遮挡了我的视线。

哇，这里居然有这么多娱乐频道可以让我下载内容，都在空中诱人地飘来飘去，数量远超哈夫拉顿和"自由贸易港"。我随机挑选了一些开始下载。有一个查询结果返回了目前中转站入住者的实名索引，可不是那种针对游客和过境者发布的简短版本，我必须找个能够静静站着的地方来仔细查看一下。我朝一个低层的球形商店走去。

这是一间大商店，有很多人类和强化人类进进出出。我也可以买点儿东西。虽然我之前已经在商店里买过东西了（只有一次）。肯定没问题的。

走上斜坡踏进商店入口时，我尽量让自己放松下来，保持一副专注的样子。这家店铺的信息流广告说它售卖的是高端的生活方式。我也不知道它究竟卖的是什么，而且信息流中的解释也没说清楚。甚至有些走走逛逛的人类看起来也一脸迷惑。我和他们一起走到一个中心区域，人类都聚在那里观看一个悬挂显示屏上播放的产品广告，还是一些以产品为灵感的音乐？这地方不是我想找的封闭式摊位，但也给了我一个理由，让我可以静静地站着望向前方，然后仔细查看我的查询结果和站台索引。

我找到了一个停靠名单，毫不意外地在上面发现了一艘以公司身份代码填写的穿梭飞船，这是在站台索引中唯一使用公司代码的穿梭飞船。"奥克斯守护组织"那几个人肯定就是搭乘着这艘穿梭飞船，从炮舰上来到了站台。

他们离我这么近，这感觉……有点儿奇怪。考虑到穿梭飞船的尺寸，他们可能不会留宿在船上。在对港务局受保护的系统进行了一番细致的分析之后，我成功下载到了停靠联系人索引，并且将这艘穿梭飞船的条目与站台酒店的实际地址做了比对。

就在我忙着删除港务局系统中的入侵痕迹时，有三条新闻搜索结果突然跳了出来，但它们全都是来自"自由贸易港"的旧闻，都在猜测曼莎博士究竟在哪儿，她到底在做什么，以及她为什么失踪了，没一条有价值的。

在我所有的查询中，居然没有一条提到她。

我实在没有多少选择了。"奥克斯守护组织"的那几个人来这里肯定是为了和"灰泣"谈判，让他们释放曼莎博士，这是他们目前唯一能做的事了，除非"奥克斯守护组织"凑到足够的钱交给公司，这样公司才会命令炮舰直接强闯特兰罗林希法站。我需要情报才能计划下一步行动，而他们这几个人是我唯一可靠的潜在信息来源。

我先像其他人类一样围绕着显示屏漫无目的地转了一圈，然后才离开商店。

我得去见一些老朋友了。

第三章

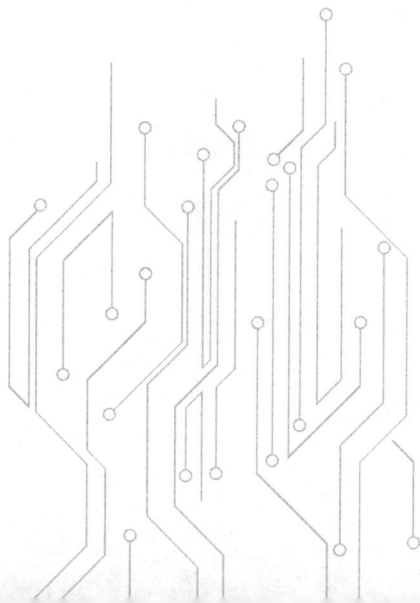

///////////

那家酒店位于站台商场远端一个比较僻静的区域，那里的行人和无人机流量减少了 60%，旁边是一个多层的广场。周围所有建筑物都是办公区或酒店，外形都是巨大的圆锥或者圆柱体，只有一个不知道是反传统还是过时了的球体，尽管站台想用一片巨大的全息投影森林来遮住它，但它似乎还是铁了心地站在那里。

我穿过一个多层广场，这里的人类和强化人类都独自一人或三五成群地坐在分散的桌椅边，或谈天说地，或观看显示屏上的娱乐媒体，或在他们的信息流中办公。这里的监控十分严密，所以我用上了之前在路上就写好的代码。

我一直在想办法让自己看起来不那么像个护卫战士（一个比较明显的选项就是假装吃喝，但这实在有点儿难办。如果不得不这么做的话，我也还是有办法假装，但只能维持一段非常有限的时间。我没有什么类似于消化系统的东西，所以我只能从我的肺里分离出一片区域来储存这些吃喝的东西，直到我可以把它们排出去。是啊，听起来和实际操作起来一样糟糕）。我决定尝试一些更微妙也没这么恶心的方法。人类，甚至是强化人类，在对信息流里说话的时候都会忍不住默读出来。我已经飞快地写了一组可以在后台运行的代码，让我能够模拟人类在说话时下巴的动作（我从《圣殿月亮的升与落》《火之传奇》《走向明天》这几部剧里选取了一些对话，作为模仿下巴动作的模板）。当我穿过广场向酒店走去时，我确认了自己的肩膀处于放松状态，一副若有所思的表情。我找了一架俯瞰广场的无人机，通过它的摄像机信息流看了看我自己。刚刚的小改动配合我之前用代码来模拟人类的呼吸模式和小动作，简直堪称完美。好吧，至少我自己觉得挺完美的，不如就假设98%完美吧。

"奥克斯守护组织"那几个人所住的酒店有一个巨大的阶梯式入口，墙壁透明，大门宽敞。从站台延伸出来的一个管道式交通轨道，贯穿了这栋建筑上面的一个透明楼层，所以当一串管道胶囊车到站时，你就可以看到里面的乘客上下车（我可以通过飞在高空的无人机看到他们，广场上的人类当然是看不到的）。

我识别出有两个潜在的敌人坐在广场的桌边。

来到酒店入口处，我混进了一群人类和强化人类中间，他们都围在一个飘浮广告显示屏旁，看上面播放的搞笑短视频（有一些短视频真的很有意思，我也会把它们下载到永久存储区里）。我顺利找到了站着不动的机会，可以让我想办法攻进酒店的安全系统。我对从视频中删除自己踪迹的代码进行了升级换代，现在随时都可以派上用场。

当视频开始重复播放时，我跟上另一群人类走进了酒店。虽然我这些话听起来可能很自信，但其实拱门入口处一个扫描器就让我感觉浑身发毛了。我知道我跑到这里来纯粹就是赌运气。

大堂里有一些宽阔的平台，是可以坐在上面的。大堂上方还悬挂着一些巨大的生物球，里面是模拟的行星天空，各种天气变幻莫测。这些东西表面上是想为可以坐的平台提供一些遮挡，保障旅客的隐私，但实际上这些球体的边缘都安装了安全系统摄像头和扫描器。我通过这些摄像头观察自己时，发现了另外四个潜在的敌人，他们都是强化人类。其中一个明显在信息流里查看扫描结果，其余几个则在四处走动，用自己的双眼扫视众人。

不知道他们是"灰泣"的人还是帕利塞德的人，如果他们确实属于这些公司，那就应该和酒店知会过了。我不确定他们是不是在找我，因为安保通信信息流中没有发出警报。不过从他们的所作所为来看，他们是在密切关注那些穿兜帽、戴帽子、围巾，或者脸上有遮挡性刺青、化浓妆以及戴装饰品的人。而我只是一个普普通通的强化人类，兜帽垂在背后，他们都懒得多看我一眼。

这就是为什么人类不应该自告奋勇负责安保工作。

我沿着斜坡走上去，来到了办理入住的平台，定向信息流中传来欢迎入住的主题曲，并且指引我来到一个售货亭。我用格斯的一张硬通货卡订了一间房。

哈哈，这钱花得我身心舒畅。

我从平台后面的出口走出去，来到吊舱电梯间，跟在五个人后面，走进了第一辆到达的吊舱电梯。电梯系统功能有限，没有外部连接，只会根据酒店信息流把你带到和你身份标记卡相绑定的房间区域，或者大堂和公共娱乐区。吊舱电梯会按照进入顺序分别把我们带到各自的区域，这样我就有机会观察系统运作，并且复制它的代码了。它把我带到我的区域，然后我就跟着信息流里的地图来到了我的房间。

酒店在我的身份标记卡上添加了授权，房门应声开启，在那令人震撼的一刻，我敏锐地先察觉到了这个房间没有内部摄像头

或者音频监控。这酒店不会这么蠢吧。说不定是多收了我的钱，才给我找了一个没监控的房间。

不过这个房间真的比我在客运飞船上住过的舱室要大多了，也豪华多了。我快速地四处走了走，扫描了一下有没有异常情况，然后就放下了包，躺在大床上。这张床好大！为什么这张床大到足够睡得下四个中等身材甚至高大身材的人呢？我看浴室里只有一个毛巾挂钩，难道人类都是共用毛巾的吗？这张没必要这么大的床对面是一堵显示屏墙。为了能有点儿声音陪伴我，我找了《圣殿月亮的升与落》里面的一集投放到屏幕上——哇，这么远的距离看过去，屏幕上的人类差不多都和真人一样大——然后我就得接着工作了。

房间里并没有摄像头信息流，但走廊里的摄像头时不时能捕捉到人类和强化人类穿过连接通道、使用吊舱电梯去往大堂和三个饮食与俱乐部区域的画面（不管那些到底是什么"俱乐部"，因为俱乐部活动似乎和我查到的字典定义并不相符），还有一条通往管道车楼层的客运路线。

我小心翼翼地进入了走廊摄像头系统，谨防有诈。如果房间内没有摄像头，那我就只能采取更困难的办法来达到我的目的了。

　　就像大多数非安保设施的监控系统一样，这个系统的记录并
不会永久保存，按理说应该会在一段时间过后就删除这些存档。
注意我说的是"按理说"。当然了，酒店也是要做数据挖掘的。

　　这种数据挖掘只针对公共区域和走廊里的谈话，不过这正是
我需要的。我找到了过去二十个周期内存储归档的视频文件，接
管了一个用于处理这些内容的例行程序（它的工作就是把有用的
商业谈判和没用的废话区分开来，再将后者发给人类或者机器人
监视员进行下一步检查），并将其重新定向，用于搜索我的关键
词组。

　　八分三十七秒过后，被我抓住的例行程序返回了数量相当可
观的结果。我拿到了时间戳，然后就释放了例行程序，让它可以
继续做它的本职工作，去搜索专利财务信息。时间戳可以让我知
道该检查哪些文档才能找到我想要的视频监控。

　　我在临时存储区里腾出一些空间，下载了第一个文件，然后
开始扫描。我是全靠自己一个一个看的，而不是对这些收集到的
数据进行更快速、更有效的面部识别扫描。这种类型的扫描在大
多数情况下只有 62% 的可靠性，对我之前的公司来说肯定是可以
了，但我不想错过我的目标。结果我发现我本来可以用这种扫描

开个头的，不然也不用浪费八分钟时间了，因为在看第一遍的时候，我就发现了拉提希的身影，他正沿着走廊朝一个吊舱电梯间走去，时间戳是十六小时二十七分，再减去现在的时间。

找到了。

我一直在反复观看监控视频。拉提希也该花时间好好看看，或者至少四处望望，因为有两个潜在的敌人跟着他来到了电梯间。他们并没有和他进入同一辆吊舱电梯，但明显也能访问安保系统，因为当我再次在大堂监控中看到拉提希时，他们也在附近。他们跟着他来到了酒店底层的商店和自动售货区，然后又跟踪他回到房间。现在我已经知道应该注意查看酒店的哪一部分，就可以剔除其他摄像头信息流中的很多视频了，不到三分钟，我就把古拉辛和李萍找出来了。他们三个不管什么时候出门，背后都有人跟着。

这当然也不是什么稀奇事，毕竟"灰泣"肯定知道他们已经到这儿来了。我一直在后台做风险评估，其中有一种情况就是——这是一个抓我的圈套，"奥克斯守护组织"这几个人就是诱饵。

有不少政治实体和公司都因为"灰泣"残杀了它们的公民，坚决要让"灰泣"受到应有的惩罚，曼莎博士就是它们的代言人。

我之前还是公司安全系统的可活动部件，专门负责收集和存储这些数据，是记录下最关键证据的目击者。如果我被证明不可靠、有漏洞的话，那么安全系统里的数据也会受到质疑，这样情况就会对"灰泣"十分有利了。

另一种可能是"奥克斯守护组织"这几个人已经和"灰泣"达成了协议，要引我过来，用我换取曼莎博士。这种可能性一点儿都不好玩。

我看着监控视频中的拉提希，然而自动系统没办法放大，分辨率也不足以进行真正的评估。不过我从之前那次调查任务中，找出了一些归档存储的视频，其中包括拉提希在经过漫长而又疲惫的一天后走路的样子；与阿拉达和欧弗思并肩行走时，他全神贯注投入谈话中的样子；还有李萍扔过来一只抱枕，他大笑着假装躲避的样子；以及我们往"跳跃号"上装东西准备逃离时，他狂奔的样子。

我只想说他穿过这间酒店的样子就好像身处牢狱一样，但我也不能完全肯定。毕竟真正的人类不像娱乐媒体上那样容易解读。

我只能再等等看了（等待实在让我压力太大了）。

虽然查看酒店内的监控具有一些难度，但也不是不能解决的。

除了大堂之外，酒店的每一处区域都有自己的加密信息流，需要额外付费才能访问。为了鼓励大家使用付费信息流，酒店故意阻塞了公共信息流。这就意味着安保系统已经有了可以重定向信息流访问的代码。这可就大大方便了我。我在不同的信息流中设置了一些警报，然后就开始挑选我想投放到大屏幕上来看的节目。不过我还是只选了以前看过的那些最喜欢的节目，因为我真的需要全力以赴来开发一些新代码。如果够幸运的话，我可能就用不上这些新代码了，但……还是面对现实吧，我可能还是用得上的。

五小时十七分钟后，李萍、拉提希和古拉辛离开了房间，朝着吊舱电梯间走去。在他们离开房间的第二十三秒后，系统记录了同一区域另一扇门的打开和关闭。两个敌人离开房间，跟上了他们。我可以给两个敌人用来接收指令和发送报告的信息流上，设置一个重定向。

我等了一下，想看看"奥克斯守护组织"那几个人是不是只去一下餐饮服务区或娱乐区。如果能在酒店外面和他们接触就好了，因为那样会更安全（对他们来说是这样，对我来说更是如此）。

我检查了两个敌人用来获取命令的信息流，看到我的重定向成功了。他们停在了吊舱电梯口，一脸困惑，不知道他们的联络员发来的前进信号到哪儿去了。是我的重定向把这个信号发给了另一个区域内的某些保洁机器人。我已经把重定向设置为 2 分钟后过期，并且自动删除，看起来就像酒店信息流堵塞造成的一个小故障。

"奥克斯守护组织"的几个人搭乘吊舱电梯来到大堂，从正门出去了。我很不情愿地关掉了我的大屏幕，翻身下床。

是时候开始工作了。

我背上了背包，因为我很有可能不会再回到这里来了（我会想念这个巨型显示屏的），况且包里还装着我的投射武器，说不定什么时候穿甲弹就能派上用场了（我还可以把右手钩在包带上，这样我的胳膊就不会无处安放了。人类究竟是怎么决定自己的手臂应该放在哪里的？我到现在还是没搞明白）。

我在广场上追上了李萍、拉提希和古拉辛，也没看到有敌人在跟踪他们。我不确定他们知不知道"灰泣"正在监视他们，虽然拉提希的肩膀看起来有点儿僵硬，不像他平时走路的样子。然后他们就走上楼梯，来到二层座位区，古拉辛回头看了一眼，可能还以为自己这个举动完全正常，一点儿都不招人怀疑呢。看来

他们知道有人在跟踪。

不过他并没有瞧见我。我用了无人机摄像头来追踪他们，这样我自己就可以走另一条路穿过广场，就是从平台下面延伸出来，经过花园和自动售货区的这条路。

走过广场的时候，古拉辛对李萍说了些什么，然后他们就加快了脚步，朝远处的购物区走去。那个地方还不错，可以躲开跟踪者的视觉监视，也给了我一些时间，让我可以对安保摄像头做一些小的调整，这样别人就更难利用摄像头跟踪到他们了。"灰泣"的安保人员现在肯定已经意识到他们跟丢了目标，我还需要确保他们再也跟踪不到。我不知道"灰泣"是不是也花钱买通了站台，让他们可以访问公共区域内的安保视频，不过最好还是先下手为强。

李萍带着另外两个人沿着一条路绕来绕去，沿途经过了各种各样的商店和广场，然后穿过购物区，最后在另一个锥形酒店脚下的开放式花园座位区停了下来。如果想甩掉试图通过无人机或安保摄像头来跟踪你的敌人，这是个很好的办法。当然了，这是甩不掉我的，但对付一般的（人类）监视者已经够用了。座位区四周都是水帘，可以遮挡来自广场和人行道的目光。

我在入口外面停了下来，混进了一家商店旁边的一小撮人类之中，这家商店正在往信息流里投放更多附庸风雅的产品广告视频。我利用酒店的安保摄像头，看到李萍和古拉辛好像发生了一点儿争执，拉提希从中劝和了一下，之后古拉辛和拉提希找了一张桌子坐下，李萍则走进了酒店大堂旁边的商业区。

我现在可以联系他们了，要么通过他们的信息流建立一个加密连接，要么就直接走过去打个招呼。但我心里……真的有点儿七上八下。

好吧，我确实害怕了，或者说紧张。又害怕又紧张。

他们算是我的人类朋友吗？还是我的客户？或者我的前雇主？不过从法律意义上说，我的前雇主只有曼莎博士一个人。如果他们看到我，会不会大喊救命，叫保安来抓我？

如果连拉提希和李萍这一关都这么难过（古拉辛一直都不喜欢我，我当然也不喜欢他），那我要是真的见到了曼莎博士，情况又会如何？

我不知道我还能不能信任他们。虽然我很想信任他们，但我也更想得到其他东西——比如自由、无限的下载内容、《戏剧太阳岛》的全新一集。不过，这其中大部分我都得不到。

我穿过花园座位区，那里上座率只有 37%，不过拉提希和古拉辛还是没有注意到我。我经过他们身边时扫描了一下，发现了古拉辛的强化设备，但并没有发现显示有武器的能量信号。拉提希揉着眼睛，叹了口气。古拉辛的脸上闪过一丝无奈的神情。

我穿过敞开的大门，走进商业区，这里的普通售货机比较少，但很多行业都在这里设置了售货亭，包括客运线路、站台地产、本星系行星地产等，还有很多银行与安保公司（帕利塞德并没有在这里设点，因为他们只为公司客户提供服务）。这个区域的安保措施非常严密，不过我并没有发现面部识别扫描。信息流十分拥堵并且都私人化了，没有在酒店登记入住的人类和强化人类都必须付费才能使用，所有的安保措施都集中在了防盗上。这个空间的另一端是一个通往交通平台的入口；那个交通平台不是运行管道车的，而是运行"泡泡观光车"的。

我发现李萍站在当地一家安保公司的售货亭前，表情严肃，还没准备好开门。我从她的肢体语言中看出她很紧张，尤其是她用手挠头的姿势。不管她来这里准备做什么，心里一定是很不情愿的。

然后我突然意识到，在以前那份合约中，我花了那么多时间来观察李萍的所作所为，也在这个过程中逐渐建立起了对她判断力的信任。如果她不想做某件事的话，应该是有充分理由的。我必须上去和她谈谈，给她另一个选择。

如果是别人的话，我可能会想个不同的方法接近他们。但这是李萍，所以我直接走了过去。

她满脸的不感兴趣，几乎都没看我一眼。然后她又看了我一眼，皱起了眉，想说些什么，又停了下来。她还是不太确定。于是我说："我们在'自由贸易港'见过面。"我忍不住加了一句，"我是在运输箱里的那个。"

她睁大了眼睛，然后又恢复正常，强迫自己绷紧的肩膀放松下来，手足无措地东张西望。她脸上摆出一副笑容，咬紧牙齿地说："什么——怎么会——"

"我来是为了找到我们共同的朋友。你想不想先坐上'泡泡观光车'再说？"我说。这里的大众交通工具通常更容易躲避潜在的跟踪者和安保监视（是啊，本来应该是恰恰相反的）。

她犹豫了一下，然后强迫自己露出更灿烂的笑容。她这副表情看起来好假，而且满满都是怒气，但只有她心里的想法才真正算数。她回复道："当然了。"

我们穿过房间，走上通往观光车站的通道斜坡。突然冒出一个信息流广告，介绍说这些泡泡车都是杯状的升降平台，有两排铺着软垫的座椅，头顶是一个透明的泡泡型遮罩。这样不管人类再怎么作死，都不可能掉出去（当然广告用的是比较委婉的说法）。这些泡泡车沿着固定的路径上升，飘过商业片区的上空，速度比管道车慢很多，所以主要还是用于观光。对于不得不面对尴尬谈话的人来说，泡泡车也是个比较方便的地方。

车站里只有几个人类，他们都是从刚刚到站的一个泡泡车上面下来的。我们走到第一排，我用另一张硬通货卡付了钱。哇，这个价格比我上次住的过境小旅馆贵了三倍。看来不用吃饭真的很省钱。

我选择了在商业片区的购物公园上空游览的项目。李萍先坐了进去，一直盯着我看。我很想将她的神情解读为谨慎，不过也可能不是。我也坐在了对面的长椅上，车门关闭，泡泡车升了起来，加入了其他泡泡车的行列，飘过旅馆上空。

泡泡车里有摄像机信息流，但这个摄像机只有在监控到特定词汇、声音和动作的时候才会有所反应，可能是为了减少车内的随机谋杀吧。我封堵了它的音频信息流，然后说："安全了。"

她瞪着我说:"你自己跑了。"

我并没有预料到她会说这句话。我说:"曼莎说我可以学着去做任何我想做的事。我就学着自己跑了。"

"你明明可以告诉她你想做什么。我们——她——很担心你好吧。"我的视线落在她身后的景观上,转而用泡泡车的摄像头去仔细看她脸上的表情。她的嘴唇抿在一起,本来还想说些什么的,但话到嘴边又咽了下去。然后她重新组合了一下词句,又接着说:"我看到你发给她的告别信息了。她其实也知道我们把整个局面都搞砸了。"

我一时有些触动情肠,我真的很讨厌这样。我宁愿对娱乐媒体上的节目产生情绪,也不愿意对现实生活中人类的言行产生情绪,这样只会导致我做出愚蠢的决定,比如跑到特兰罗林希法来。而且他们其实并没有搞砸整个局面。当然了,还是搞砸了一部分。不过我也不清楚我这部分该怎么算。我说:"我现在不想谈这些。"

她叹了口气,疲惫又愤怒,用手指按着额头。我又想拍拍我那不存在的医疗系统帮她诊断一下,不过我及时抑制住了这种冲动。她说:"那你究竟跑到哪儿去了?你又跑到这儿来干什么?"她小心谨慎地犹豫了一下,"你不会是签了新合约,正在替别人工作吧？"

我当时之所以会跑掉，就是不想再替别人工作。我说："我只有两种身份，要么属于曼莎博士，为她工作；要么就是自由工作者，为自己工作。"

"好吧，那你雇你自己来干什么？"她一脸鄙视地问道。

我说："我就四处逛逛，结果看到新闻说曼莎失踪了。他们是把她骗过来的还是绑过来的？"她这种表达方式倒还挺有趣的。我有点儿喜欢。而且能和一个知道我是谁的人类说话，这种感觉确实怪怪的。我不必强迫自己看着李萍的脸，以及担心我脸上的表情是否正常。就拿阿本恩来说吧，虽然她知道我是个护卫战士，但她并不了解我是在按照自己的意志行事。

她的双眼又眯了起来，但这次目光中更多的是猜测，说："看来你真的只是四处逛逛，找地方追剧。我们担心你可能被'灰泣'抓了，但在提交证据的过程中'灰泣'一直要求我们把你交上去。如果他们抓住了你，肯定会让我们知道的，因为他们想向我们炫耀。"

"我确实就是四处逛了逛，看了些剧。"我等她继续说。李萍一直都很难取信，需要时间才能让她卸下心防。和其他人一样，李萍在我这里也有上百个小时的音频和视频记录。但我不需要回看就知道她现在神经绷得紧紧的，既是担心曼莎的安危，也是以其他人的生命安全为己任。

最后她开口道："所以你来是想帮我们的？我为什么要信任你呢？你很明显不信任我们。"

如果我能回答这个问题的话，我的日子也会过得轻松很多。我确实不信任他们，但主要还是只针对某些方面。我也不知道他们有什么理由要信任我。我说："我从公司的炮舰上拉取了一份状态报告。除非站台解除停靠禁令，否则他们是不会帮你们的。你只能靠你自己，或者靠拉提希和古拉辛他们两个，那样情况就更糟了。"

她做了个鬼脸，说："我都忘了原来你这么混蛋。"

啊，这话没错。我说："我需要情报才能制订计划。"

我们经过的一座尖塔上围着一圈闪亮的广告显示屏，她望了望风景，瑟缩了一下说道："'灰泣'在与'自由贸易港'和'德落'的代表会面之后，就抓走了曼莎。当时有很多遇难者家属都来认领遗体，现场人满为患，场面也很令人动容。之后曼莎走到旁边想静一静，结果就不见。安保摄像头拍到了他们绑架她的

画面，但当我们检查摄像头时，'灰泣'已经带她离开了'自由贸易港'。'奥克斯守护组织'的外交使团提供了一些帮助，所以我成功劝服了你们那家公司。这是'灰泣'造成的问题，我们明明签了调查担保协议，结果最后被他们搞成这样，这是'灰泣'欠我们的。紧接着'灰泣'就要求'奥克斯守护组织'撤销对他们的控诉，并就此发表公告。我们已经照做了，现在我们是来协商赎金的。"她一脸严肃，"我们留在'奥克斯守护组织'的人正在积极寻求解冻资产，但我们现在手上的资产根本就达不到他们的预期。"

"你们没有跟公司签支援合同吗？"所以我猜对了，"灰泣"确实需要钱。

"特兰罗林希法站不让他们停靠，他们也没办法。他们倒是给了我们一个密钥，曼莎为了以防万一，曾经植入过一个防故障信息流接入器，这个密钥可以接通它。不过古拉辛说接入器被屏蔽了，因为她被关在了我们头顶的环面上，位于主站安全屏障背后，所以信号被削弱了。"

"你身上带着那个密钥吗？"我问。古拉辛可能接收不到信号，不过我肯定可以。

她打开夹克里的一个内袋，把密钥递给了我，这个东西的设计看起来像一个可以接入信息流的记忆夹。我下载了地址信息，花了一分四十三秒来尝试访问曼莎的植入物。结果我也被屏蔽了。我说："古拉辛关于主站安全屏障的说法可能是对的。"我真不想承认。

李萍泄气了，瘫坐在长椅上，说："留给我们筹集赎金的时间不多了。我本来是想找一家本地安保公司来帮我们，只希望我挑选的那一家还没有被'灰泣'花钱买通。"她的目光又从窗外移开，重新落在我身上，"说到报酬，你们那家公司也收了'灰泣'的钱，对不对？"

"有95%的可能性。"我告诉她。我很庆幸李萍已经想到了这一点，而且也没有想要粉饰太平。公司就像一台邪恶的自动售货机，你把钱放进去，它就会照你的吩咐做事，如果有人把更多的钱放进去让它停下，那它也会屁颠屁颠地照做。"灰泣"在这个问题上的最佳选择就是尽可能多地投钱进去。

李萍叹了口气，说："还以为你来了我能高兴一下呢。"

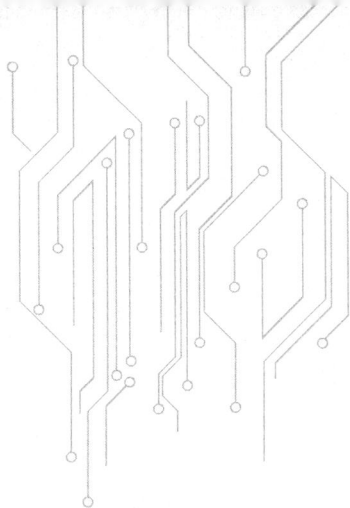

第四章

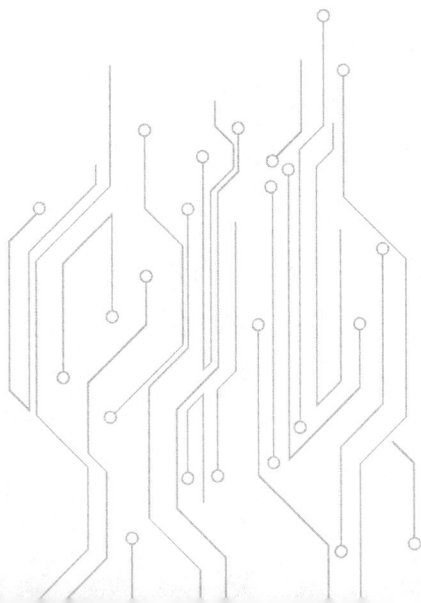

//////////

我们的泡泡车回到了车站，我去某个酒店的售货亭那里订了个房间，李萍则去找其他人了。她认为我们几个应该私下好好谈谈。我也是这么想的（我们可以通过花园座位区的信息流来交谈，但我对人类缺乏信任，只觉得他们会手舞足蹈，吸引其他人的注意力）。

我坐着吊舱电梯来到了房间，里面当然也没有安保信息流，因为这家白痴酒店想以保证客房内的隐私安全为噱头吸引住客，这样他们就能在公共场所记录住客的言行了。这家酒店比上一家便宜一些，但装潢还是很漂亮的。信息流同样拥堵不堪，除非你碰巧知道该怎么绕过去。

这个房间要更实用一些，正常大小的床叠放在墙上，留出多余空间来放椅子，显示屏只占据了墙面的四分之一，没有铺满整面墙，洗浴设施旁边也有更多的挂钩可以挂毛巾。不管是否在执行任务，护卫战士都不能坐下或者使用人类家具，所以我就找了张椅子坐下，还把脚放在了桌子上。然后我又把脚放下来了，因为这个姿势并不舒服。我一边等，一边闲得无聊随便渗透了一下酒店的安保系统。

当房门信息流提示说他们已经来到了门外，我就让它打开门。我当时正处于最休闲的状态，显示屏上播放着《圣殿月亮的升与落》（实际上我刚刚才重定向了电视剧的音频，因为我发现了一个可疑的监视器，酒店可能会利用这个东西记录房间内的活动，尽管预订协议中保证房间内部有绝对的隐私保障）。

李萍用胳膊肘推搡另外两个人，让他们赶紧进来，然后把门滑动关上。很明显，她已经跟他们讲清楚事情的来龙去脉了。拉提希一看见我就笑了，说："我真是要对你刮目相看了！你这段时间都忙什么去了？"

我只能将古拉辛脸上的表情解读为震惊与厌恶。是啊，我也还是不喜欢你。

"拉提希，还是过会儿再叙旧吧。"李萍说。她从他们身边走过，坐到旁边一把扶手椅上，"护卫战士没必要告诉我们它去哪儿或者干什么，除非它自己想说，好吗？我们现在应该专心想办

法把曼莎救出来。"

我没想到李萍会这样为我解围，很庆幸自己当时望着显示屏。没有摄像头的话，这情况就很尴尬了，至少对我来说是这样。我也可以通过墙顶上装饰性反光涂料观察其他人，不过那是不够的。

古拉辛吸了口气，想说什么，但李萍指着他说："如果你要吵架的话——"

古拉辛做个鬼脸，举起双手佯作投降，说："不，我不是要吵架。我只是看不出这个护卫战士能帮上什么忙。没有赎金他们是不会放人的，但我们又凑不出赎金。"

拉提希对我说："我们在公司那边的联络人说，他们可能把曼莎关在位于上层环面的'灰泣'公司总部了，那地方在主站安全屏障背后，访客是进不去的。既然你来了——我们能不能直接把她救出来，然后逃跑？"

这个主意太蠢了，所以我必须把它扼杀在摇篮里。我已经在我们四个之间建立起了一个加密的私人信息流连接，现在我把我标注好的站台地图发了进去，说："问题不在于'灰泣'公司总部位于上层环面。"我把图片投放到了房间的显示屏上，然后把它缩小，在上面画出了去到那里的路线。我将所有安全检查站都高亮显示，并且标注了那些非站台居民禁止入内的封锁入口。"想闯进去救人，就意味着我们必须离开处于特兰罗林希法安保控制之下的中立领地，进入'灰泣'公司的管辖区。"我不知道他们会怎么对付我，毕竟现在我的数据端口已经禁用了，他们就不能用这个方法来控制我了。但他们还有很多其他选择，包括直接开枪扫射我，直到我一动都不能动，以及其他各种在他们看来既明智又实用，对我来说是酷刑折磨的方法。不管怎样，最好还是不要送上门被他们抓住。"在这个位置较低的中转环上，'灰泣'每次行动都必须和特兰罗林希法协商，而且还要花钱打点，对任何拥有管辖权的私人安保服务或者实体都是如此，这就给我们争取了一些微弱的优势。"

拉提希颓废地倒在椅背上，说："这样啊。就算有担保公司的炮舰做后援也不行吗？我的意思是，虽然公司说他们不会违背特兰罗林希法的禁令强行登陆，但炮舰就停在那里，上面还有那么多重炮……"

坦白说，我希望他们最好停在那儿别动。我说："如果'灰泣'不能让你们人间蒸发，那他们就会想方设法拖慢你们的脚步。他们可能正在筹钱，想买下担保公司。炮舰到这儿来也是为了向

'灰泣'施加压力，与此同时担保公司和'灰泣'的代表也在'自由贸易港'进行谈判。你们交给'灰泣'的赎金很可能会直接打进公司的账户，也算是'灰泣'对公司的收买。"

拉提希很明显惊呆了。李萍沮丧地长出一口气，说："'奥克斯守护组织'外交使团也是这么认为的。"

拉提希转向她："你怎么没告诉我们呢！"

古拉辛抱起双臂，说："我就知道。"

我可不会放过这个拆他台的机会。我转过去，用强烈的质疑目光看着他，没想到居然真的奏效了。他承认道："好吧，我只是有所怀疑。"

李萍问拉提希："你真想知道吗？我只是希望我们能在'灰泣'谈好价格之前就把曼莎救出去，大家都能顺利脱身。"

拉提希说："算了，我不想知道。如果我们还没来得及救出曼莎，'灰泣'就和担保公司达成了协议，那我们和曼莎会怎么样？"

李萍无奈地挥了挥手，古拉辛脸上的表情变得更加凝重。他说："你猜！"

我说："也可能'灰泣'付不起买通公司这笔钱。"他们可能想在米卢的消息泄露出去前，尽量将手里的外星遗物和奇特合成物脱手。此举违反了政治实体针对持有外星遗物的禁令，这就意味着"灰泣"只能在无人知晓的情况下进行交易。担保公司是不会让"灰泣"用外星遗物抵偿债务的，除非这些东西追踪不到。当然，现在已经不可能了。"灰泣"已经山穷水尽了。

透过反光涂料，我看到李萍在看我。她说："我们能不能——你能不能在不交赎金的情况下把她救出来？"

我一直在分析各种可能出现的场景，就是想掩盖人类提出愚蠢建议的声音（也不是说这种声音就毫无可取之处了；虽然听起来很烦人，但还是能带来一些安慰和熟悉感的）。"那恐怕非常难办。"我说。所谓"非常难办"是指我失败被杀的概率在85%左右，不过我上一次诊断发现我的风险评估模块不太可靠（没错，这就能解释我的大部分行为了）。"我们需要想个办法，让他们把她带到主站的安全屏障外面来，这样我就可以通过她的植入物追踪到她的位置了。"

我本来想建议他们入侵"灰泣"的信息系统，然而我也不知道要怎么进到那些系统里面去。我也不知道这个想法究竟可不可行，因为转移高度戒备的囚犯可能需要一个人类或者强化人类主管签字，他们可能会提出一些我们回答不了的问题。李萍转过去对拉提希和古拉辛说："我们可以提出要交赎金，把交换地点定在这儿附近的酒店。"

拉提希缓慢地点了点头，一副深思的样子。他说："他们了解我们的财务状况吗？会不会识破我们的谎言？"

李萍做了个打断的手势，说："我们又没必要把我们的硬通货卡拿给他们看。"

古拉辛倾身向前，说："我可以拿出一份可信的信息流文件，上面列出'奥克斯守护组织'在行星外的资产。他们不知道那些资产现在还不能用作交换。但只要他们真的把她带过来——"

这个计划还不算太烂，甚至跌出了最烂计划排行榜的前十名。我说："我们都没必要等到他们把她带过来。只要他们把她带出了安保屏障外，我就能找到她。"

古拉辛转向我，说："就算他们真的照做了，你有本事把她救回来吗？他们可能带了很多保镖。"

我开始觉得古拉辛这种混蛋做派是缘于某种他无法控制的先天性疾病。我说："他们最好多带点儿保镖。"

他扬起眉毛，说："那你是打算把他们全杀了？"

看来是我想多了，古拉辛会有这种混蛋做派完全是因为他就是个彻头彻尾的大混蛋。

我可以撒谎，可以说那当然不会啦，我才不会杀他们，我是个很乖的护卫战士。我还以为我会这么说，或者会想个更可信的版本说出来。然而话到嘴边却变成了："如果有必要的话，我会的。"

一阵沉默。李萍抿着嘴唇，什么也没说。我从归档的视频中辨认出了她脸上坚定不移的表情，和"跳跃号"上卫星连接中断、她投票同意继续去"德落"的时候如出一辙。拉提希脸上露出细细思索、犹豫不决的表情。古拉辛只是说："我看你自我感觉挺良好的，是觉得自己有资格下决断了吗？"

我说："我是个安保专家，即使在存活率不到9%的情况下，我也能帮客户顺利生还。如果说谁有资格下决断的话，那就只有我。"

古拉辛慢慢地靠在椅背上。我站了起来，说："我去大堂等。你们什么时候有决定了，就来找我。"

李萍举起一只手，说："等等，我们已经有决定了。"她又看向拉提希，"你说对吧？"

拉提希说:"没错,我们要对付的是'灰泣'。他们一旦有机会,肯定会对我们和曼莎痛下杀手。"

古拉辛说:"我们都同意了。"

"那我也还是要去大堂。"我已经站起来了,径直走了出去。

我并没有生气,也不是想藏起来。只不过大堂是个更好的战略位置。

这个大堂有多个楼层,中间是大型方形生物域,里面展现出各种不同的生态环境,周围摆放着一些家具。这地方看起来很舒适,像是在邀请人类坐到这边来,使用酒店拥堵的信息流讨论专利信息,这样酒店就能记录下来,然后卖给出价最高者了。我也一直在监控上层广场入口和中转大厅的信息输入。

我找了个地方坐下来,生物域帮我遮挡了来自其他座位区的视线。

那三个人类在信息流中商定了一些细节,我把这次行动称为"计划还不算太垃圾"行动。

我提醒李萍在这里安排和联系人见面,因为之前那家酒店里布满了"灰泣"的眼线,这家酒店到目前为止还比较安全。李萍把我的消息转发给了另外两个人,他们都同意了。他们甚至都不用返回之前的酒店拿东西（他们这次是轻装上阵，只带了几件洗漱用品，李萍带了药，古拉辛带了专用工具箱，拉提希带了能给他带来好运的备用接入器，这些东西只需要古拉辛背个包就全部装下了）。

我不用再担心人类的东西了，这种感觉很奇怪，就好像我这辈子都在人类居住地搬运东西。可能这正是我一生的写照吧。

再想一下，鉴于我们现在的状况，这个计划确实不差。只是时间会很紧张。我不知道"灰泣"会通过哪条路把曼莎带到会面地点，只能等到他们进入酒店安保摄像头的监控范围。这也没什么关系，只是这样一来，留给我们制定撤离策略的时间就不多了，目前的情况大概就是这样。

然后我听到李萍说："大家都准备好了吗？"另外两个人表示准备好了。于是她就通过酒店房间内显示屏的通信频道，给"灰泣"指定的联系人打了个电话。

当通信处于活跃状态时，我接收到了显示屏传来的视觉数据。当然，这些视觉数据里也没有什么可看的。"灰泣"联系人那边的视频是一片空白。李萍说她已经带来了赎金，希望对方把曼莎带过来做交换。"灰泣"说他们要先收到钱才会放人，然后又说

了一堆废话。和我亲眼目睹过的其他交换人质相比，"灰泣"的态度有点儿太敷衍了。看来他们是真的很想赶快拿到这笔钱。李萍和他们据理力争了两分钟左右，他们让步了，不过他们希望先派一名代表过去检查资金授权。

李萍关掉通信之后，拉提希说："唉，真希望我们这一步走对了。"

古拉辛严肃地说（他说什么都是这副苦大仇深的表情）："我们很快就会知道了。"

李萍说："不会有事的。"如果这句话是曼莎说的，大家肯定都会放下心来；而李萍说这话很明显也是想让大家放心，结果说出口却好像是想让他们闭嘴。

古拉辛在大厅里等待"灰泣"代表，他在较低的平台上找了个显眼的地方坐下，那副姿态实在太僵硬了，我都觉得他比我看起来更像护卫战士。

好吧，我还是想为他说句话，毕竟这种局面实在太令人紧张了。我不能冒着风险分心去看剧，但是我检查了一下自己的存储空间，发现我正在追的新剧后面还有很多集可以看。我心里略微有了一些安慰。

　　我很紧张还有一个原因，如果一切顺利，我也没有被扫射成碎片，我就会再一次见到曼莎博士。在去拉维海洛的路上，阿特说"奥克斯守护组织"的这些人就是我的船员。我不知道是阿特太天真了，还是我太天真了。好吧，也许那时的我确实太天真了，所以才会认为它说得有点儿对。拉维海洛的事情之后，我就放弃了他们是我的船员这个想法。后来我又莫名其妙地跑去米卢，替曼莎博士找证据，然后我就目睹了米琪……死后，堂·阿本恩痛不欲生的样子。有那么一段时间，我又觉得他们确实是我的船员。

　　现在坐在酒店大堂里，看着眼前的生物域，运行着每一段让我看起来不像护卫战士的行为代码，我的幻想也破灭了。最残酷的事实在于我根本不知道曼莎博士算是我的什么人。

　　就算是经历了米琪的事情之后，我也还是不愿意变成一个宠物机器人。

　　李萍在上面的房间里缓慢地踱着步，尽量控制自己不发出磨牙的声音；拉提希已经去了三次洗手间；古拉辛只是坐在原位，目视前方，然后他通过信息流问我："你在吗，护卫战士？"

　　"不在，我早就走了。"我说，"我已经决定定居在这里了，一个酒店住腻了就换一个，而且我还有这么多娱乐频道可以观看。"

哇，这个主意听起来可比我现在准备做的事情要好多了。

他停顿了一下，然后说："我不是你的敌人。我只是比较小心谨慎。"

"我才不在乎你怎么想。"我说。然后我立刻就后悔了，真希望我能延迟一秒钟，这样就能把刚刚那句话撤回了。这话听起来就好像我很在意似的，但其实我根本不在意。

一分钟过去了，两分钟过去了……

古拉辛说："你不在的时候都去干什么了？跑到哪儿去了？"

我不想回答，因为我根本不想谈这件事，但直接无视他又显得我很小气。在和艾尔斯他们那群人一起去哈夫拉顿的路上，我拍下了一些视频，其中大部分交流场景我都打上了标签，方便日后对我的表现进行评判（我拉了几回架，被迫给出了几次恋爱建议，还碰上了那个臭名昭著的"究竟是谁把饼干包装纸扔进了水槽里"的离奇案件）。我把这些片段剪辑出来，贴上了"杀手机器人冒充强化人类安全顾问"的标签，然后发给了古拉辛。

直到"灰泣"的代表从正门走进大堂时，他都还在看我的视频。

仅凭外表，很难把这个人和其他进进出出的人类、强化人类区分开来。他个子很高，皮肤苍白，有一头浅色的长发，一身本地十分常见的商业装束：一件长度及膝的黑色长袖夹克衫，套在阔腿裤外面。

我拍了拍古拉辛，他停止播放视频。

"灰泣"的代表停了下来，脸上闪过一丝恼怒。看来他是没想到酒店信息流这么拥挤。酒店系统把费用登记在站台信用账户上，然后给了他访问权。我从酒店的安保无人机那里看到了例行扫描结果：没有武器，只有接入器活动。我简单分析了一下无人机的读数，发现他身上有65%的可能性携带了一些可以篡改扫描结果的东西。所以他很可能带着武器，也可能带着一个加密的通信设备。

我接入了他的信息流，但我觉得并没有什么用。如果他身上带着一种能够伪造安保扫描读数的设备，那么他肯定也知道拥堵的酒店信息流并不是进行业务交流的最佳场所。

我最应该担心的是他身上带着的加密通信设备，虽然这只是

我的假设。然而不管那东西究竟是什么，它都需要使用酒店的中继器，才能接通站台的通信网络。

"灰泣"代表的目光扫过大堂，很明显认出了古拉辛，可能是因为"灰泣"在"自由贸易港"上收集到了相关情报。他朝古拉辛走过去，打招呼说道："您就是古拉辛吧？我叫塞拉特，是应李萍的要求来到这里的。"他平静、大方，还带着一丝友好的微笑。

古拉辛的混蛋做派一定能在这种时候派上用场。他带着一种完全无动于衷的表情，说："这边走。"然后就朝着吊舱电梯间走去。

我拍了拍李萍和拉提希，提醒他们人来了，然后继续扫描周围潜在的敌人。比如那两个漫不经心地从入口走进来的人，随便停下，随便看看，然后朝着通往休息区的楼梯走去（其实他们的业务能力真的不算差，只不过我更胜一筹，因为我已经在这里坐了很久，可以轻易地分析出行人的行动模式。如果是进来找什么东西或者真的不知道该往哪边走的人，他们的行动轨迹往往会十分不规则，注意力也很容易被生物域或信息流之类的东西吸引。相比之下，敌人的活动就更容易察觉了）。

但会不会太容易了？酒店的无人机扫描也没发现什么，但这结果就和"灰泣"代表的扫描结果一样不可信（至少在我看来十分可疑，毕竟我早就是骗过无人机扫描的老手了）。

中转大厅里，有两个潜在敌人从一辆管道胶囊车中下来，我将他们一一标记，与此同时，无人机摄像头也在酒店广场入口处发现了更多的可疑人物。

是啊，我也觉得情况不妙。但我仍然在监视安保系统，里面没有发出警报，也没有出现异常信号。

我本来想待在这里直到他们安排好交钱赎人的事情，但我发现古拉辛的信息流里多了一条输入流，便站起来朝着吊舱电梯间走去。他和塞拉特正好从吊舱电梯里走出来。因为有古拉辛在，电梯运行过程中他们尴尬到一句话都没说。虽然我不愿意，但我还是得承认，古拉辛真的让我刮目相看。

古拉辛和塞拉特走到房间门口的时候，我已经进入了右侧区域的一个吊舱电梯。走廊里没有可用来作掩护的地方，所以我让电梯先暂停，并且通知了酒店环境访问与动态系统（简称"动态系统"），让它不要对任何维护请求采取行动（你可能觉得只是想截停一个小小的吊舱电梯，这样做未免太大费周章了，但如果我不这样做的话，恐怕这整个系统就会随之崩溃。说真的，如果我干扰了动态系统的吊舱交通管制，后果将不堪设想。这里说的后果是指那些载满人类和强化人类的吊舱电梯会相互撞毁）。

他们已经走进了房间，李萍说："我们已经准备好要把这些资产转移到你们名下，不过其中一部分必须通过清算资产来结清。但必须先让我们见到曼莎博士，否则我是不会出示清单或发送授权书的。"

塞拉特回答道："我向你保证，她已经在一队安保人员的护送下前来了。但我必须要先看看你们的转移授权书。"

我一直在监控曼莎植入物的输入流，目前它还是毫无反应。我也进行了几次分析，估计了一下从上层环面来到这里的距离和可行路线，我还准备了一个可以在港口实施的应急计划，免得他们带来了一队真正的安保人员（比如帕利塞德公司或者其他本地担保公司提供的护卫战士）。那样的话，局面可能会变得非常复杂，甚至酿成大祸，但我还是觉得事在人为。

拉提希在信息流中说："护卫战士，在吗？我们需要你帮忙。"局面变得更加复杂了，眼看就要酿成大祸。

我的第一反应居然是想先转到拉提希的头盔摄像头上看看，

可他根本就没有戴头盔。房间里没有摄像机，只有音频可用，我只能听到他们的呼吸声（这就是本次计划的缺陷。我们只有一丁点儿时间，根本不可能找个摄像头放在房间里，且不被人发现，毕竟"灰泣"代表来了肯定是准备好要做安全扫描的）。李萍说："你们就是需要这笔钱来买通担保公司，对吧？你这样是拿不到钱的。"

塞拉特直截了当地说："这不是一份转让授权书，只是一份资产清单。你们到底在玩什么把戏？"

我在输入流中疯狂翻动，尽量确保酒店安全系统在我的掌控之中，我还发现塞拉特刚刚用他的通信设备发送了信号。肯定是紧急叫停释放人质的信号，也可能是通知他的后援冲进来开枪的信号。没有时间可以浪费了，我直接关掉了酒店的主要中继器。另外两个次级中继器试图启动接收通信，我也只好把它们都关掉了。然后我找到了塞拉特与酒店信息流之间的连接，并封堵了它，我忙得要死。我的缓冲区冒出了一句自动回复："拉提希博士，请描述一下您的问题。"

拉提希在信息流中的声音听起来非常紧张，他说："他身上有枪。是一把和手掌差不多大小的枪。不对，是能量武器。不过我觉得它太小了，不能发射子弹。"

我听到古拉辛在音频中说："我们手里的这份就是转移文件——"

"真是荒谬！"塞拉特说。

"让他继续说。"我发消息给李萍。我不想让他有时间思考他的后援怎么还没有回复已知悉。我刚刚放弃了"还不算太垃圾"计划，转为"可能更垃圾"计划。我走出吊舱电梯，放它回到动态系统的怀抱，然后大步穿过走廊。在转弯处，我的扫描器发现了一个移动目标，于是我减慢速度，装作随意散步，就像"灰泣"那几个人在大堂里的表演一样，我的演技又假又尴尬。我与酒店安全系统之间的连接显示，二十秒前这个区域有另一扇房门打开，所以正在接近的人类是敌人的可能性不到10%。

两个矮个子人类从走廊拐弯处走过来，忙着调整他们的背包和头巾，然后从我身边走过去。我不得不先经过房门，直到看见他们走出视线，踏进电梯。他们拖慢了我前往目的地的脚步，因此我不得不赶紧行动起来。

我关掉了信息流中的音频，李萍、拉提希和古拉辛在大声指责对方带枪，并且一再强调他们是清白的，文件肯定是负责资产转移的银行搞错了。拉提希是个生物学家，他其实不太懂那些内行的金融术语。我把耳朵贴在门上，调高了我的听觉水平，果然听到了塞拉特说："我没时间把企业关系的真相讲给你听。"

这句话泄露了他的相对位置。于是我按下了开门键。

门一打开，塞拉特立刻转过身来看着我。我冲过房间，抓住他的手腕强行按下来，然后通过我的手臂发出一道有针对性的脉冲，直接烤焦了他那把小可爱手枪的动力电池。然后我用另一只前臂把他的喉咙抵在墙上。这一切都是转瞬之间发生的。

塞拉特呼吸急促，还想抬枪打我。就算他那把枪还能开火，最多也只能击中我的小腿，那样只会让我更加恼火。我捏住他的手腕，他痛得扔掉了枪。不过他手里还拿着那个通信设备。

拉提希摔倒在一张椅子上，手忙脚乱地想逃开。李萍为了绕开拉提希浪费了好几秒钟的时间。古拉辛冲过来抓住塞拉特的另一只手，掰开他的手指，然后李萍从他手里抢过了通信设备。

"这东西启动了吗？"拉提希挣扎着站起来问道。

我说："我已经将它和塞拉特的信息流都封堵了。"我的输入流中有一个是酒店信息流中的管理频道，里面挤满了针对通信故障的投诉。我还切断了酒店拥挤的信息流和站台信息流之间的连

接（虽然看起来好像是我故意为之，但真实情况是我当时忙作一团，干脆把所有信号都切断了事。这本来应该是一次秘密行动，结果却搞得这么大张旗鼓）。

塞拉特艰难地喘着气，因为离得近，我的扫描器发现他的脉搏和汗腺活动都上升了。他说："你就是那个失踪的护卫战士吧？"

我通过酒店安全系统查看了一下大堂的画面，发现了那两个"灰泣"的后援者。他们还没什么反应，还在自动售货机旁装作漫不经心的样子，但情况并不乐观。我还是需要在他们有所察觉前，让酒店的信息流连接恢复过来。

李萍俯身捡起掉在地上的枪，说："曼莎究竟有没有被带到这里来？你们是不是在说谎？"

"植入物还没有任何反应。"我通过信息流对她说。我仍然可以访问站台信息流，如果"灰泣"真的把她带过来了，植入物的信号就会出现在这里面。现在只能说明他们还没有穿过主站安全屏障。

所以这个计划还算不上是一团糟，它只是在"一团糟"的目标区域上空盘旋，随时准备落地。

塞拉特对李萍说："你们才是一群骗子，居然还以为可以用那个搞笑的假文件糊弄我们。赶紧让这个破玩意儿放开我。你们敢用致命武器威胁我，这是违反站台法律的。"

"什么致命武器？是你用致命武器威胁我们，我们可以打电话让站台安保人员来抓你！"拉提希指着李萍手里的枪说道。

古拉辛在信息流里说："我们不能找站台安保。"

"我知道！我只是在吓唬他。"拉提希回复道。

李萍说："他是指护卫战士就是一种致命武器。"她犹豫了一下，然后在信息流里给我发了条消息，"我会碰你一下，你可别吓坏了。"

呃，好吧。我拍了拍她以示知悉。我正在疯狂地想办法让酒店的中继器都恢复正常，而且我必须赶在维修技术员前面完成这件事。

李萍把她的手放在我的肩上，我并没有感到惊慌失措。她倾身向前，对塞拉特说："这可不是什么致命武器。这是一个人，一个愤怒的人，一个想从你嘴里问出真相的人。你们到底有没有把曼莎带过来？"

他朝她笑了一下，说："计划原本是这样的。不过，我已经

给我们的安保人员发消息，让他们取消这次交换了。他们知道我在哪里，很快就会赶过来了。而你们私自把护卫战士带进来，已经违反了站台的法律，这下没人能帮得了你们了。"

"你们需要赎金来买通担保公司，对吗？"李萍问。我并没有把目光从塞拉特身上移开，尽管我的大部分注意力都集中在恢复酒店中继器的麻烦工作上，还在一边监视曼莎的植入物有没有什么动静。她补充了一句："当然了，'灰泣'名下还有资产可以转移，又或者说这是你们的报复行为？"

塞拉特冷笑了一下。他根本就不把这几个人当回事，我自然也知道这是为什么。如果你是"灰泣"的人，杀人就是你平时工作的一部分，那么三个来自非公司的研究勘测员的怒火，在你眼中根本就不足为惧。而且他很确信这几个人类还能控制我。他说："报复？你们买了一个护卫战士，把它派到米卢去，想揭露'灰泣'那次重要的资产运作背后的真相。你们以及那个小小的行星政治实体竟敢和我们大企业作对——真的不知道'死'字该怎么写吗？"

李萍一定很吃惊，但她还是说："是'灰泣'挑起了所有事端先攻击我们的。我们只想救回曼莎博士。"

拉提希在信息流里十分困惑地问:"米卢?"

古拉辛因为安装了强化设备,所以有一些信息库存。他说:"这个地名在一条新闻里出现过,那里有个废弃的仿地形平台。他们问过曼莎对此有什么看法。"

我终于成功重启了酒店的中继器,酒店管理信息流的活跃量立刻就开始下降了。大厅里那两个人仍然没有发现任何问题。植入物也毫无反应。

看来他们并没有把曼莎带过来。米卢、米琪的死,还有来这里的这趟旅程,所有的一切都是一场空。我说:"去米卢是我的主意。我是个反叛的配备机器人。"

塞拉特没理会我,对李萍说:"一个反叛的配备机器人只会在站台上留下一堆死尸。"

我说:"那不如就由你来当第一具死尸吧。"

他的瞳孔微微放大,和我的目光相对。

我补充道:"你们人类真是太天真了。"

幸好曼莎的植入物在这时响了,可真如及时雨一般。我还没有完全决定要捏碎塞拉特的气管,只是觉得这个想法很有趣。我还是把他从墙上拉过来,一把掐住他的脖子。

旁边几个人类不约而同地说:"等等!不要!"

"我不杀他。"我说,然后把他扔在沙发上,"我知道我自己在做什么。"

李萍调整了她的信息流,让它可以接通植入物,又从夹克里找出密钥,检查了一下植入物,说:"她在移动,她——你能不能看出来——"

我已经将植入物的位置与站台地图进行了对比,说:"他们是坐管道车来的。你们必须回到穿梭飞船上去。别管他了,等他清醒的时候,'灰泣'也该明白我们在做什么了。别把他的通信器或者手枪带在身上,站台安检扫描会发现的。你们直接下到酒店底层的花园,坐泡泡车到旁边那个购物中心去,然后从那里坐管道车离开。"我必须现在就行动。

他们还没来得及反驳我,我就已经冲出了门。走廊里是安全的,于是我向吊舱电梯间飞奔过去。我在信息流里发了一条:"'灰泣'小队和曼莎博士预计两分钟内到达,你们必须在这之前离开酒店。我救出她后,会把她送回你们的穿梭飞船上。不要通过信息流联系我。如果他们也买通了站台安保,那就能通过信息流追踪到我们。"

"我们马上就走。你要小心——"拉提希回复道，紧接着酒店安全系统监控到房门开了又关上。

"我要切断联系了，拉提希。"我对他说，然后就走进了吊舱电梯里。

我关掉了我的风险评估模块。

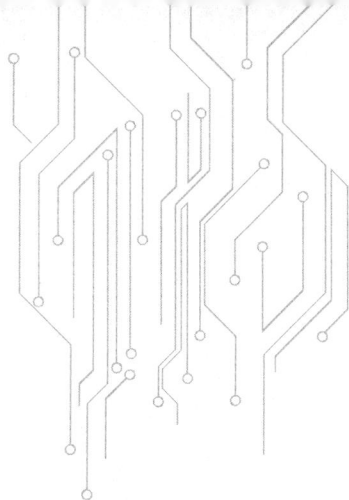

第五章

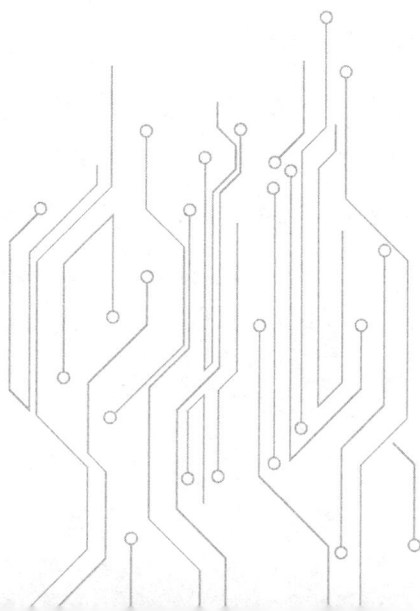

//////////

当"灰泣"安保人员带着曼莎博士坐管道车前来时，我正藏在一辆吊舱电梯里。我让电梯先停了下来，方便自己做好准备。

酒店安全系统摄像头向我展示了"灰泣"小队离开管道车进入站台，其他候车乘客都因此散开的画面。这些敌人都穿着便衣，不过很明显带了武器；对他们来说，这显然不是一次隐蔽行动，说明站台安保和酒店安保都收了他们的钱，才会允许他们大摇大摆地带武器进来。

而且他们还带了一个全副武装的护卫战士。

没关系，还是那句话，事在人为（我那不可靠的风险评估模块可能还会告诉我一切都特别顺利吧）。小队稍微停留了一下，看来他们碰上了酒店拥堵的信息流，正在找人授权付款（虽然他们花了那么多钱买通管理层，让他们带护卫战士和武器来交换人质，但管理层还是舍不得让他们免费使用信息流）。

酒店的中转站有三层楼高，管道车停靠的站台上方是一个开放的楼层，下方也有一个楼层。上面那一层正在运行一个全息雷雨显示，下面那一层正在循环播放不同艺术景观的俯视图，至少信息流标签上说它们目前是这样。

我刚刚突然想出来一个主意，把它存到了"稍后待用"的文件夹下面。

敌人带着曼莎沿着站台人行道走向吊舱电梯间。她并没有戴什么手铐、脚镣，不过毕竟有六个安保人员加一个护卫战士看守着她。其中两个走向一边，在中转站台上占据了两个有利位置；剩下四个目标外加一个护卫战士，就是我的主要目标。

没有破解自己调控中枢的护卫战士，就不能像我一样入侵信息流和系统。按理说它们是可以尝试的，但它们的调控中枢会对此进行惩罚，它们的安全系统、中心系统也会上报它们的异常行为，事后还可能会被清除记忆（所以，如果你决定要入侵自己的调控中枢，最好要认真准备，一击得手）。"灰泣"带的那个配备机器人基本上就是一个杀戮机器。

那个护卫战士胸口印有帕利塞德的图标。它的装甲也是来自一个专利品牌，和公司那种基本配置的装甲是完全不一样的。不过它没带无人机（"灰泣"真的应该再多花点儿钱疏通一下，好让它把无人机也带进来）。

我也想过要破解它。我还从来没有破解过另外一个护卫战士，只破解过安抚配备，但它当时并没有试图阻止我。这可不是拿来给我实验的好时机。如果我贸然一试，失败的话，它便会把我立刻上报，那曼莎博士和其他人就会为我的一时鲁莽付出代价。

他们来到了电梯口，我推迟了吊舱电梯的到达时间，以便为自己争取一点儿时间。那个护卫战士正在进行扫描，检查中转站人类身上的武器和未授权的通信与信息流活动。我已经深深藏进了酒店信息流里，它是不会发现我的（如果我不能对其他护卫战士隐藏我的信息流活动，那我早就被拆了）。

我连接到了曼莎的植入物，滴了她的信息流一下，想测试安全性。包括主要目标在内的所有目标都没有反应。于是我发了一条信息过去："嗨，曼莎博士。是我。"她猛地吸了口气，胸口上下起伏，还略微偏了偏头，像是想做什么动作却半途放弃了。看来她刚刚忍住了四处张望的冲动。一个目标瞥了她一眼，不过其他人都没有什么反应。我补充道："试着回复我，不要默读。"

有整整 3.2 秒，她都没有反应，这时间也足够我怀疑她是不是根本就不想跟我说话了。那样的话，这次救援行动的尴尬程度就直接翻倍了。

然后她说："请告诉我你的名字，来证明是你。"

好吧，看来情况还没尴尬到那份儿上。我真的松了口气。不过我也明白了她的处境有多么糟糕，毕竟她都担心有人在她信息流里假冒我来骗她了。我说："我的真名叫杀手机器人，曼莎博士。"

这次对话已经被永久删除了，所以除了"奥克斯守护组织"那群人之外没有人知道。当然这得假设他们没有告诉别人。曼莎显然也假设了我没告诉别人。

她立刻就回复道："你在这里做什么？原来你没有被抓。"

肯定是"灰泣"告诉她我被抓了，因为新闻报道里根本就没有提过这件事。欺诈是企业商战中最顶尖的策略，不过本质就是撒谎骗人，不知道为什么要取个这么高大上的名字（《圣殿月亮的升与落》里有一集是专门讲这个的）。我告诉她："我来是为了帮你的，我要把你救出去，李萍、拉提希和古拉辛都在港口等你，他们是坐着公司的穿梭飞船过来的。我知道这样做会很危险，但如果你继续被'灰泣'控制，情况只会更危险。我可以继续行动

吗?"我知道我没必要问,但获得正式许可之后我的行动会容易
很多。

她立刻回复道:"当然。"

我拍了拍她的信息流以示确认,然后把她的信息流放到了后
面,这样我就可以专注于我和酒店安全系统之间的进展,动态系
统也已然成了我的最新好友。我检查了之前拉取的酒店结构图。
我必须在这个区域内行动,最好找个电梯间,因为一旦吊舱电梯
进入酒店的主网络,那速度就会变得很快。就算我能拉取到它的
方向信息,也不可能赶在它前面到达。

将我的注意力分散出来,监控所有安保摄像头信息流是比较
麻烦的一件事,但想想我之前要一边监听中心系统、安全系统、
不同的客户信息流以及人类给我传来的口头指令,一边还要兼顾
追剧,那不是更麻烦!至少我是这么告诉自己的。如果没有那段
在米卢的经历帮我增加处理空间,我肯定还是会怀疑自己能否
做到。

如果我搞砸了……不行,我绝对不能搞砸。

动态系统告诉我住客最常去的目的地是酒店的俱乐部区域,
于是我就选择了那里。我启动了吊舱电梯,刚运行了两秒钟,我

就让动态系统紧急叫停它，并且让它停在了一个人迹罕至的电梯间，又让它千万不要向机器人或人类监管员发送任何警报。

吊舱电梯十分艰难地停了下来。紧急协议中，有一部分是可以将任何吊舱重定向至紧急呼叫的地点。通过动态系统，我感觉整座建筑中的吊舱电梯，都在各自的道路上有条不紊地运行着。

我走出吊舱电梯，进入电梯间。这里是一个空荡无人的平台，有两条走廊分别向两边弯曲。接下来的六分钟内，我确保安保摄像头只能拍到这个空平台上的画面，然后我从包中取出我的武器，装上子弹，放在我身侧，朝向后方。

通过走廊的摄像头信息流，我看到曼莎和目标走进了吊舱电梯。我让动态系统把那个吊舱电梯带到这个电梯口，来协助处理紧急情况。它一到，我就走进了等候区内，又敲了敲曼莎博士的信息流。"曼莎博士，等下一收到我的信号，就立刻蹲伏在电梯底部，护住头。"电梯门滑开了。吊舱电梯的速度很快，所以我早就猜到这群人类会有那么几秒钟的茫然，还以为自己已经到达目的地了。我利用这两秒钟时间，切断了他们与酒店信息流之间的连接，然后就像一个普通的白痴人类一样闷头走了上去，装作

101

想挤进电梯里面，小心翼翼地找了一个护卫战士看不到我的角度（人类特工帮了我大忙，护卫战士本来应该站在电梯前面，他们却让它站在了左边）。

一个人类目标推开其他人走出来（他完全没必要这么耀武扬威的；这就是为什么人类真的做不好安保工作，甚至连别的人类都不愿意找他们保护）。他厉声说道："滚出去，我们是公司安保——"

我拍了拍曼莎博士的信息流，她立刻蹲了下去。至于面前这个朝"手无寸铁的平民"发火的安保人员，我直接一把揪住了他的胳膊，用手臂上的能量武器朝他的肩膀开火，在他倒下的时候把他抓了过来，举起来当我的"人类盾牌"。

主要目标（就是另一个护卫战士）已经行动起来了，它把两个人类目标推到一边，然后举起了它的投射武器。因为我手上举着"人类盾牌"，所以它不能开火，这就给我争取到了额外的一秒钟时间。我毫不犹豫地发射了三颗穿甲弹，一颗击中了它装甲的颈关节，另外两颗击中了它的膝关节。

颈关节的那颗子弹是致命一击，打膝关节则是为了放倒它，否则它身上的装甲可能会让它僵在原地。

我丢下我的枪，用力把我的"人类盾牌"扔向吊舱电梯另一边的两个目标，让他们撞到了墙上。第四个目标开枪击中了我，不过她那把武器发出的能量脉冲最多只能让人类瘫倒，并不能致命（至少对健康的人类来说是这样的）。对我来说，这种攻击就只会惹怒我。我一把攥住她的手，把她拉了过来，扭转她的手腕，让她手上的枪朝向另外两个还在挣扎着想站起来的目标，连开五枪。他们倒下了，我折断她的胳膊（她的速度很快，不这样做肯定后患无穷），然后按住她的动脉，直到她昏过去。我把她放在了地板上。

曼莎摇摇晃晃地站了起来。她可能被一条乱摆的腿给踢到了。我说："咱们走吧。"

曼莎猛吸了一口气，跨过那些还在抽搐的身体，然后从倒下的护卫战士旁边挪了过来。我拿起我的枪跟在她身后（我不想冒风险拿走那个护卫战士的武器，里面可能有追踪器，再说我自己这把枪也更容易放进背包里）。我把护卫战士搬进吊舱电梯里，让动态系统关上电梯门，然后让它运行一次完整的诊断程序。

我把曼莎带到我那个吊舱电梯里，然后让它去往一个新的目

的地。我一边重新给我的武器装弹，把它装回包里，一边要求吊舱电梯暂停，然后又检查了一下中转大堂的安保摄像头。没错，那两个"灰泣"的人还在那里，不过他们看起来都很担心，正在信息流里说些什么。周围还有九个非目标人类在等车，他们零零散散地组成了两群人。

我刚刚那个主意是什么来着？哦，在这里，幸好我把它存档了。

我说："我必须先解决管道车站台上那两个目标。我们一到，你就走出电梯，从正门离开，然后等我过来找你。"我都还没来得及看一眼她的脸。

她说："我知道了。"

我放开吊舱电梯，让它到达了站台上。动态系统也能控制酒店的活动装饰，所以门打开的时候，我就让它把上层的全息雷雨投放到站台层去。

我走出电梯，映入眼帘的是深紫色的云层，模拟的暴雨、闪电，以及正在等车的乘客们。能见度下降到了15%，不过我的扫描还是发现了两个武装目标。我来到一号目标旁边，封堵了她的信息流，然后用右臂上的能量武器发出了一道足以让人类丧失活动能力的脉冲。

在她倒下时，我接住了她，然后转身把她丢进了吊舱电梯里。目标二号好像感觉到发生什么事情了（可能是因为他失去了和目标一号之间的联络），于是我一闪身绊倒了他。他摔倒在平台上，我俯下身，"轻轻"拍了拍他的头，正好让他失去所有反抗能力。

我把目标二号也拖进了吊舱电梯里，目标一号还在里面抽搐。等到电梯门关上以后，我就指挥它去俱乐部层，并且告诉它到了就停在原地，通知酒店管理系统。然后我放过了已经不耐烦的动态系统，让它把全息雷暴恢复到指定的位置。

平台上的其他人类和强化人类有的看起来十分茫然，有的松了口气，还有的露出了失望的神情。从他们的言行举止来看，并没有人发现刚刚有个护卫战士放倒了两个公司的安保特工。我朝曼莎点了点头，然后我们进入了候车区，我已经把我们的身影从车站的摄像头里抹掉了，这样可以拖延追兵的脚步，但也拖不了太久。

我带着曼莎走下站台，朝着管道车最后一节胶囊车厢将会停靠的地方走去。站台摄像头显示我假装随意的技能已经十分纯熟

（我自己也挺惊讶的）。曼莎博士也控制住了她的表情，肩膀处于放松的状态。她身上穿着一件卡夫坦长袍，盖住了里面的长裤，她的衣服看起来比一般情况下要更加褶皱，但还没到会引起他人注意的地步。在我们的信息流连接中，她说："你是不是说其他人是坐着公司的穿梭飞船来的？那担保公司有没有帮助你？"

我说："没有，'灰泣'花钱买通了站台，让他们拒绝公司的炮舰停靠。但李萍、拉提希和古拉辛还是来了。"

管道车进站了，我们登上了尾部那节胶囊车厢，里面空荡荡的（能碰上没人的车厢主要还是我们比较走运，在大堂等人时，我就快速回顾了这个站台上的管道车活跃情况，发现以天为周期来看，这个站台并不算非常活跃。它不是管道车主干线的一部分，只是酒店花钱搞的一条支线）。

管道车门滑动关闭了，站台安保摄像头显示有好几辆吊舱电梯门同时打开，里面冲出来三个穿着酒店安保制服的人类。好吧，情况不妙。我原本的计划看来是进行不下去了。

我控制了胶囊车厢的摄像头，又进入了管道车的操作频道。我对曼莎说："计划有变，他们知道我们在这儿了。"

她点了点头，表情紧绷。

这是一条直达港口的快线，我必须赶在"灰泣"说服站台安保截停我们之前，让车停下来。地图上显示管道车正在接近一个办公楼的停靠平台。我迅速检查了一下那里的安保摄像头，看到平台上空无一人，这也很合理，因为在接下来的 33 分钟内，都没有管道车计划停靠在那里。管道车在离开办公大楼不远处就要与主干线交会了，这个交会的窗口期卡得非常严格。我必须赶紧行动（要是我真的拖住管道车，造成严重的交通事故，那不仅会鼓励站台安保动用手里所有的资源来对付我们，而且那样做也不厚道）。我通过信息流给曼莎发了一个警报——这一切都发生得太快，我甚至都没有时间说一遍给自己听，更不可能对她讲清楚我准备做什么了——然后就用手臂搂住了她的腰。她的双手紧紧抓住我的夹克衫，把头埋在我的颈窝里。我用我那只空闲的手护住她的头，然后就发出了减速的命令。

进入站台的时候，胶囊车厢的速度下降了，我给车门发送了紧急开启的信号，我也行动了起来。车门打开了，但里面的站台门还没有完全打开。我不小心被它夹了一下，摔在站台地板上开始旋转。还好这一夹只是改变了我的轨迹。

胶囊车厢的车门已经关上，并且加速进入了交会窗口期所需

的速度。我删除了拍到我们的录像、各种不同的缓冲区和日志记录以及胶囊车厢对于这件事的记忆。

我们摔在站台上翻滚，我想办法让曼莎博士停了下来，不过这一摔也并不好受。上一次我们像这样摔倒的时候，还是我穿着装甲从陡坡上跳下去的那次，而这次我们是摔在光滑的人造石地面上，附近也没有发生爆炸。在我看来，这次应该不太严重，比上一次好一些，至少我是这么想的。我把她从我身上抱起来，帮她直起身子，然后拉着她站起来。

她挥挥手表示不用，说："我没事。"

我小心翼翼地松开了她，她还是自己站稳了。我从这栋办公楼的信息流中拉取了地图，想找找有没有可以逃走的路。啊哈，找到了一个。

我们离开了平台，走下坡道，去寻找这栋楼里的吊舱电梯，然后用我的代码把我们的身影从安保摄像头里删除。我们来到了电梯口，踏进第一个到达的吊舱电梯。这个地方在地图上被标注为封闭楼层，在吊舱电梯的正常菜单里也不能选择。我让它无视规则，直接把我们带到维修楼层去。

我们走出电梯，进入一个天花板低矮的空间，等到电梯门在我们身后关上，这地方就变成了一片漆黑。我可以通过红外线看清楚四周的环境，并用扫描器创建了一个物理地图，可曼莎什么也看不见。她只能抓着我的夹克，跟在我身后，让我带着她前进。

这里的空气循环和空气质量都不怎么样，但至少还有一些空气。我导航了一条路，准备带我们穿过目前处于离线状态的维修设备和搬运机器人，找到一个向下延伸的开放斜坡。我们中途碰上了两次重力变化，一次是逐渐变化的，另一次就没有这么逐渐了，我们右边的墙突然就变成了地板。

我们正朝着通往竖井通道的一个支路前进，这个空间是用来在港口和站台层之间搬运货物的，同时也是站台工程机器人和工程团队的通道与交通系统。这里铺着很多条状应急照明带和标记涂料，能发出一阵阵的光芒和信息流信号，主要目的是为机器人和人类工作者提供临时指引。曼莎松开了握住我夹克衫的手，我能从她的呼吸声中听出，有了光真的让她松了口气。

我们走到了通道竖井旁边，里面吹来一阵强风。我在不远处的音频中捕捉到了人声。从信息流活动来看，往右二百米靠近广场和酒店的地方有不少人在活动。不过这些人声在我听来都不像

是紧急疏散或者安保行动，只是在做正常的后勤工作。再走六步，斜坡就延伸到了竖井口，那是一个由低层导航信标照亮的幽深洞穴。昏暗中有些东西呼啸而过，它们大多都是升降平台和自动运输工具，在港口货运站和这个地点之间往返。

也不是说这里就完全没有安保措施了，如果你想要偷窃货物或者给竞争对手的车站结构捣乱，那这里就是最好下手的地方。我偏移了针对武器和电源的扫描，在下一个无人机小队经过之前，我们有五分钟左右的时间。

曼莎又一次抓住了我的夹克衫，也许是竖井的高度和深度吓到了她。除了重力比较轻之外，我也不怎么喜欢这个地方。我扫描了一下，想找一个空置的运输工具，结果发现上层活跃区域里就有一个。我从那些运输工具里把它引了出来，让它来接我们。

两分钟之后，它就来到了通道上，这是一个方形结构小车，主要是用来运送车站工程师、机器人和设备的。我们走进去，我先让它关上了门，然后才让它打开内部的灯。我检查了一下它的地图系统，然后派它前往港口。

这辆小车启动的时候，曼莎博士有些站立不稳，她抓住了我手臂枪口上方的位置，捏得很用力，所以我的有机部位感觉到了。这种情况下心跳加快应该很正常，但她仍然没有放开我的手臂。我问："你还好吗？""灰泣"那群人是不是对她用刑了？我的心理援助模块中包含的所有内容都必须与医疗系统相连接才能使用，因为只有医疗系统才能告诉我究竟该怎么做（我以前那家公司提供的教育模块都是垃圾，我可能已经提到过了）。

她摇了摇头，说："我没事。我只是……很高兴能再见到你。"

她的声音听起来仍然有些震颤不稳。她的样子并没有什么变化，还是深棕色的皮肤与浅棕色的短发。她眼角的皱纹肯定多了一些，我把她现在的样子和之前的录像对比了一下，结果足够证实这一点。我现在竟然在正眼看她了。

我在节目中经常看到人类会在这样的情况下互相安慰对方。我从来就没想过自己会去安慰别人，现在也还是不想（在提供帮助或者保护客户不被炸伤的情况下触碰人类就是另一回事了）。但这里就只有我，所以我只能做好心理准备，然后做出最终极的牺牲。"呃，如果有需要的话，你可以拥抱我。"我缓缓说道。

她忍不住笑了，脸上露出了我无法解读的复杂神情，紧接着她就拥抱了我。我把胸口的温度调高，告诉自己这就是一次急救而已。

只不过拥抱其实没有我想象的那么可怕。这种感觉就像在旅馆房间里，达潘睡在我旁边，或者我救下阿本恩之后她靠在我的肩膀上一样。虽然有点儿奇怪，但没有我想象中那么恐怖。

她退后一步，揉了揉脸，就好像对自己过度情绪化的反应有些不耐烦一样。她抬头看着我，说："那个去'灰泣'仿地形设施的护卫战士就是你吧？"

他们肯定问过她这件事。"那是个意外。"我说。

她点了点头，问："哪部分是意外？"

"大部分都是。"

她皱起了眉，说："你告诉他们是我派你去的？"

"不是，我是假冒我的客户过去的。我假冒的是我想象的客户。"我被绕进去了一秒钟，"离开'自由贸易港'之后，我在两群不同的人类面前成功假扮了两次人类安保顾问。在米卢的时候我也想故技重施，但我被人识破了护卫战士的身份，所以我就告诉他们我是由一个不在场的安保顾问客户派来的。"假冒这个词好奇怪，尤其是结合上下文一起看（我刚刚才发觉"假冒"的"假"字是单人旁，就好像在说我假冒人类似的。真的太奇怪了）。

"我明白了。但你究竟为什么要去米卢呢？"

"我在一则新闻里看到了关于米卢的事。我想去那里寻找'灰泣'从事非法活动的确凿证据，然后发给你。"这个理由听起来很动人。这当然也是真的，但我实在有太多相互矛盾的动机了，只有这个理由是完全合理的，在我自己听来也一样。

她屏住呼吸，双手在脸上捂了 5.3 秒钟，说："下次我接受采访时，一定会牢记这件事的。"她又抬起头来看着我，"你找到证据了吗？"

"找到了。我回到哈夫拉顿站时，发现有一队帕利塞德公司的安保人员在等着抓我。紧接着，我又从'自由贸易港'的新闻频道里看到了你失踪的消息。"我补充道，"所以我就把那些数据快递到你家里了。"

她又点了点头，说："好吧，我明白了。"她犹豫了一下，"'灰泣'高管说你还摧毁了一些战斗机器人？"

"三个。"

她猛吸了一口气，说："不错。"

我也不知道接下来还能说点儿什么，然而话自己从嘴边冒了出来："我不辞而别了。"

她看着我的脸，忽然间，我就没办法再正视她的脸了。她说：

"没错，是我没能处理好你的情况。我向你道歉。"

"好吧。"我绝对需要站在原地盯着墙看一会儿才能缓过来。阿特和达潘都曾向我道过歉，所以也不是从来没有发生过这种事情，然而我还是不知道该作何反应。"李萍说过你很担心我。"

她点了点头，说道："是的。我很害怕你在离开公司边缘地之前就被人抓住了。"她的声音中又流露出一丝笑意，"看来我应该对你多点儿信心的。"

"我也不敢相信我居然跑去了那么远的地方。"我说。我放在后台的地图监控向我发来了一条提醒，我真的松了口气。现在所有情绪又回到了我的掌握之中。我说："我们快到港口了。"

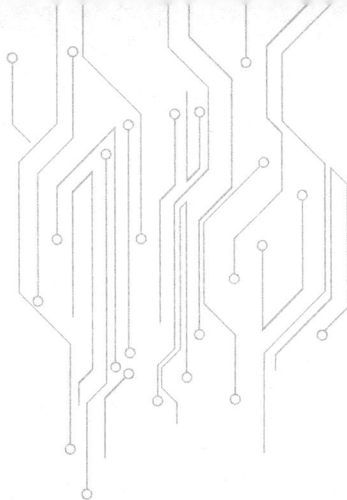

第六章

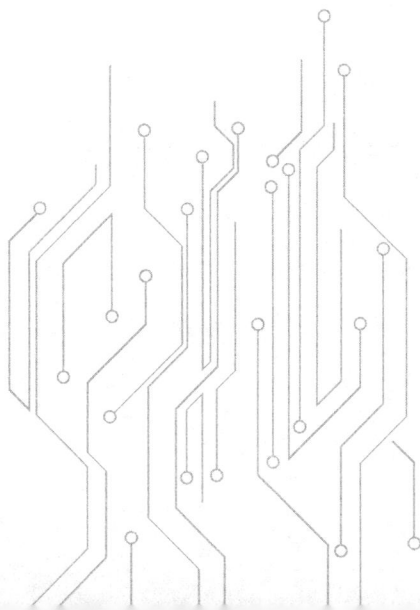

/////////

我们已经沿着竖井来到了尽可能远的地方，再往前走就要碰到港口的安全屏障了。我不知道这些安全屏障的防护有多严密，但从我接收到的信息泄露来看，这个险是不值得冒的。

我更担心的是穿过登船区的这段路。

我们乘坐的运载工具在站台商场一家大型多功能商店的货运通道旁边停下，我们走了出来。我放开了它，让它重新融入黑暗中，回到了竖井里。我们搭乘一个维修吊舱电梯来到港口层。

在吊舱电梯里，我用安保摄像头对我们俩的状态进行了评估。身上没有血迹也没有弹孔，没错。神情紧张，没错。曼莎看起来像个经历过创伤的人类，没错。我的背包里藏着武器，没错。"我们必须假装冷静，"我对她说，"这样站台安保才不会发现我们。"

她深吸了一口气，抬头看着我，说："我们可以做到的。我们都很擅长假装冷静。"

是啊，我们确实擅长。我快速回顾了一下，以便确定我在运行所有让我看起来不像护卫战士的代码，然后我又想起来还有一件事是我可以做的。当我们离开吊舱电梯的时候，我握住了曼莎的手。

我们从熙熙攘攘的商场区域和徘徊在自动售货机与订票亭周围的人类旁边穿行而过。人群的热闹程度和我刚到达的时候差不多，人数大约增长了10%。我还从来没有在和人类一起走路时握过对方的手，这只会让整个步行过程变得更加复杂，然而不知为何，这个举动竟然让我们显得更加自然了。

我们进入登船区的时候，我又偏移了一些多功能扫描器。而且我还避免了再一次乘坐吊舱电梯，因为如果收到了警报，吊舱电梯就会停在半路上，如果我破解一个吊舱电梯的话，他们很快就会发现我们的位置。我带着曼莎走下一个斜坡，这条路通往第一个中转环楼层的私人穿梭飞船码头上方。我们越往前走，人群就变得越疏落，我估计当我们到达前方走道的时候，行人将会减少50%。我检查了一下挤满白痴垃圾广告的港口信息流，里面显示预计到达情况平稳正常（我居然也会怀念可以挤在人堆里的时候）。但安全检查可没有什么平静可言，我在全部三个中转环的

登船层上都发现了蜂拥的多功能无人机。

我需要更多情报。在正常情况下，我是不会冒险进入高层次安保信息流的，这种信息流是人类监管员进行交流的地方，但整件事都搞成这样了，还谈什么正常呢？我利用已经入侵的无人机信息流，开始小心翼翼地对最高级安保信息流进行破解。我将这个信息流称为站台安保管理层。

我很肯定"灰泣"会买通或者说服站台安保管理层与港务局，让他们发出警报，并且同意帕利塞德的人进入港口搜寻我们。但我们一路过来很顺利，并没有受到任何阻碍。"灰泣"肯定会想要先搜寻酒店和周边区域，因为搜索这些地方花钱少，想搜索码头又要花一大笔贿赂钱。如果"奥克斯守护组织"的那几个人成功来到了这里，那我们就脱身有望了（我不该对顺利脱身抱有幻想的）。

我成功潜入了站台安保管理层信息流后，并没有试图四处窥探，只是设置了一些内部警报，然后就把它放到了后台去。

"我们说说话会不会好一些？"曼莎问。我对她知根知底，自然能听出她声音中勉强装出来的冷静，也知道她是不会把这种勉强表现在脸上的。

　　我们来到了公共码头附近，我转进接下来的一个斜坡，往登船层走。人群数量又下降了 20%，已经不能称之为人群了。我说："那得看谈些什么了。"

　　当我们进入登船层的时候，她说："你为什么最喜欢看《圣殿月亮的升与落》？"

　　她要是聊这个，那我可就不困了啊。我甚至真的感觉到我背上和肩膀上的有机组织放松了下来。我问："你看过这部剧吗？"我还是不想直接和穿梭飞船联络，但是我们刚刚错过了一个离港时刻表信息流接入点，等到一阵广告爆发过后，我发现公司的穿梭飞船已经出现在了申请发射时间的名单上。我希望这是李萍给我们发来的信号，表示他们已经成功上船了，而不是"灰泣"在使诈。

　　如果真是"灰泣"在使诈的话，那我们就完蛋了。那艘穿梭飞船是送曼莎和其他人离开站台的唯一可靠途径。一旦这些人类安全了，我想再找一艘无人驾驶飞船逃走恐怕就难了，因为那时码头上的所有飞船都会响起安全警报。然而我打死也不愿意坐着公司的穿梭飞船回到公司的炮舰上去。

　　曼莎环顾四周，看起来并不像一个突然想起来自己应该环顾四周假装无事发生的人类。她紧紧握住了我的手，说："我看了好几集，我也很喜欢，只是不知道为什么你会这么喜欢。"她自顾自地摇了摇头，"也许因为这部剧讲的是一群人类惹出的麻烦事，不过我已经感觉到你不想再和我们打交道了。"

我居然真的转过头低下来看着她，我心里惊讶极了。我还以为她会说她没看过这部剧，然后我就可以把情节讲给她听，她表现出一副很有兴趣的样子，这样我们就可以一直聊到穿梭飞船上了。"你真的看过？"我问道。

"我本来是想看看你和拉提希提到过的关于殖民地律师的那一部分，结果看着看着就入迷了。"我们穿过了私人码头的第一道大门，我偏移了更多武器扫描器，人群数量回升了16%。我们藏在人堆里就没有那么突出了，我的扫描显示曼莎的呼吸和心跳也都恢复了平静。她补充了一句："剧情挺不错的，我能看出来它为什么这么受欢迎，只是还不明白它为什么会脱颖而出成为你最喜欢的剧，毕竟还有那么多其他好剧。"

呃，我究竟为什么这么喜欢《圣殿月亮的升与落》呢？我不得不从档案中调取以前的记忆，里面的内容着实吓了我一跳。"这是我看过的第一部剧。在我入侵了自己的调控中枢后，进入了娱乐频道，它就是我找到的第一部剧。也正是它让我感觉自己和人类并没有什么区别。"最后一句本来没必要说的，但因为我同时还在监视着很多安保信息流，所以已经很难再匀出精力来控制自己的输出了。我关闭了我的档案。看来我真的需要为自己所说的话设置一个一秒钟的延迟了。

我通过一架飞来飞去的无人机摄像头看到她皱起了眉头。她说："你本来就和人类没什么区别。"

哦，那我们就聊不下去了。"但我不合法啊。"我回复道。

她吸了口气，本来准备说些什么，又重新考虑了一下，最后放弃了。我知道她想就这一点和我争论，但我说的是事实，所以她也没什么办法。关于这个话题也实在没什么别的可说了。于是她转换了话题："为什么这部剧会让你有这种感觉呢？"

"我也不知道。"这是实话。当我从档案中调取以前的记忆时，我仿佛回到了过去，这种感觉是如此的栩栩如生，就像刚刚发生的一样（愚蠢的人类神经组织就是会这样）。话止不住地想从我嘴边涌出来。这部剧为我感受到的情绪提供了上下文，我只能尽量忍住不要说出来。"是它陪伴了我，在我没有……"

"没有和人类互动的时候？"她说。

　　她竟然连这一点都能理解，我的心里感觉很暖。我其实很不情愿看到这种事发生，因为这只会让我变得很脆弱。也许这才是我不敢再见曼莎一面的真正原因，而不是那些我瞎想出来的白痴理由。我不是害怕她不拿我当朋友，我真正害怕的是她其实一直都把我当成她的朋友，我却不清楚这件事会对我造成什么样的影响。我说："那艘穿梭飞船会把你和其他人带回公司炮舰上。我不会跟你们一起走。"我本来不想告诉她的，我也不知道为什么就说出来了。我是不是暗中希望她能劝我和她一起走呢？我真的很讨厌我会对真实人类产生情绪，毕竟只有对屏幕上的虚拟人物产生情绪才是安全的，否则就只会把情况引向现在这种愚蠢的时刻。

　　她差点儿就停下了脚步，幸好在最后一秒反应过来不能这么做。她说："我可以保护你。"

　　"因为你是我的雇主？"

　　"他们肯定会这么想，但我们——"她打断了自己的话，深吸了一口气，"我希望你能信任我，但如果你做不到，我也理解。"

　　我设置的其中一个警报被触发了。我非常不希望这个警报被触发，因为它是我设置在站台安保管理层信息流里的。刚刚有人把一份非站台安保行动授权书交给了人类监管员。

这又是一个"这下糟了"的时刻。

就在这时,港口的紧急高音警报也响了起来。人类和强化人类们纷纷停下脚步,瑟缩着,左顾右盼。我拉住了曼莎,如果我们继续前进的话就会变得太过于显眼,没被识破的每一秒钟对我们来说都至关重要。

我从站台安保管理层那里得知,是一个人类监管员手动触发警报的,尽管从技术层面上来说,"灰泣"雇用的帕利塞德安保小队还没有正式获得进入港口的授权。发出警报这一行为应该是某个站台安保人员或者港务局监管人员想要做好自己的本职工作,帮登船区的人类争取一些额外的撤离时间。紧接着,本来正在播放广告的公共信息流被中途掐断,港务局官方信息流出来播送,说码头现在进入了紧急封锁状态,让所有人类尽快寻找掩护。

我们周围的人类开始走动,逐渐跑了起来,冲向公共安全屏障后面。搬运机器人停止了工作,货物升降梯进入悬浮模式,无人机在头顶盘旋着整理编队。在我们正对面的船闸处,一艘正在卸货的飞船通过信息流发出了通信警报,取消了下船,让摸不着头脑的乘客们重新回到船上(注意,这是一艘来自非公司政治实体的飞船,那些属于公司的飞船已经把船闸封锁了)。

我拉着曼莎的手跑了起来。我们离旁边那扇大门还有 20 米远，门后面就是那艘穿梭飞船。曼莎扯起长袍的下摆狂奔起来，跟上了我的脚步。我本来想把她抱起来跑，这样我就能达到最高速度，但如果我真的这么做了，无人机肯定会辨认出我们的身份。

这道大门是从穹顶向下拱起的一个舱壁，塔柱形成了多个入口，每个门洞都又宽又高，巨大的搬运机器人也可以通行无阻。当我们跑过去的时候，看到一道空气墙在塔柱之间闪烁着微光。

还有时间逃命，所以我还妄想着空气墙只是一种安全预防措施。就算遇到空气墙，你也还是可以尽力挤过去的。它的主要目的是在站台结构破裂的情况下防止大气流失，也允许人类从裂口处逃走。

眼看我们只有四米远的距离了，甲板上突然升起了坚硬的障壁，大门也"砰"的一声关闭了，我只能一个急刹停下来。曼莎差点儿被绊倒，还好她站稳了。她呼吸急促，还跑掉了一只鞋。

我能撬开其中一道障壁破解它吗？毕竟它们只是安保屏障，又不是那种"足有半米厚，一旦打破我们就会失去站台结构完整性"的舱门。但它们是在一个单独的网络上运作的，叫"封锁控制系统"，也就是安全控制系统。这个系统深藏在好几道保护性信息流防火墙下面，我没办法攻进去，不过我可以想办法找到一条路径，但我必须先经过港口维修安全系统，然而刚刚的安全警报已经让它同搬运机器人和其他货运装置一起关停了。于是我向它发出重启命令。

我之前设置的一些系统警报又被触发了，我通过无人机摄像头查看了一下港口预订区的画面。受到惊吓的人群在混乱困惑中分成了两拨，为三个身上印有帕利塞德商标的护卫战士让开了一条路。无人机在它们的头盔上嗡鸣，密集如云。

是啊，情况确实非常不妙。

我把背包从肩上扯下来，取出投射武器，把剩下的弹药装进夹克衫口袋里。曼莎没问我们接下来要做什么，她可能还以为我正在努力攻破大门障壁呢。她把另一只鞋也脱掉了，已经做好心理准备，随时都可以再次狂奔。然而港口维修安全系统根本就不可能及时恢复上线，我也不可能赶在敌人抓住我们之前就破解层层安保阻碍。

我还在站台安保管理层和港口安保信息流里面。我想起了那

个提早触发高音警报的人类监管员，那个人愿意给登船层上的人类多一些时间逃跑。这些频道里也有人类可以手动升起这些障壁。于是我对他们所有人发送了一条消息："我是一个正在执行合约的护卫战士，我的客户现在面临危险。我正在尽力保护她前往停靠在'alt7A'号槽位的穿梭飞船。"他们会知道那是公司的穿梭飞船，公司还派来了一艘炮舰用于救援担保客户。我补充道："求你们了，否则他们会杀死她的。"

没有人回应。我不知道那些敌对护卫战士的具体预计到达时间。它们并没有以最高速度移动，因为还有很多人类要闪避，然而一旦它们来到现在几近空荡的登船层，情况就完全不一样了。

这个区域的摄像头还在运转，不管谁在背后看，都能清楚地看到我们。"让我的客户通过这道门吧，我愿意留在原地。求求你们了，他们真的会杀了她。"我恳求道。

我们正前方障壁上的锁闭灯突然闪烁了几下，然后门就滑开了一米高，刚好够一个人类从下面挤过去。我把我的背包交给曼莎，因为我知道这样会让她误以为我会跟着她过去。"快跑！'alt7A'槽位。"

她蹲下来扭动着钻过缝隙。障壁在她身后滑落关闭。

曼莎在信息流里大声叫我："它关上了！护卫战士——"

我对她说："我过不去了，我会再找另一艘飞船。你赶快回穿梭飞船上离开这里。"然后我就把她的频道放在了后台。

我不可能再找另一艘飞船了。虽然公共码头上的七艘飞船仍然允许仓皇逃窜的人类登船，但这片区域的所有船闸都已经封死。这下我插翅也难飞了。

这个情景一讲出来怎么就变成了自我牺牲、感天动地的戏码呢。再仔细想想，可能还真就是这么回事。但我脑子里想的主要还是今天我绝对不能成为唯一一个倒在登船层上的护卫战士，起码还要拉上那三个敌对护卫战士给我陪葬。

派护卫战士来追杀我是一回事，可派护卫战士来追杀我的客户就是另一回事了。别想招惹了我的客户之后还能全身而退。

我转过来背对大门，因为之前就已经拥有了港口安保无人机的监控权，所以我现在直接控制了整支无人机舰队，并且切断了它们与港口安保系统之间的连接。然后我遮挡了登船层上的所有固定摄像头。现在"帕利塞德"安保、"灰泣"安保或者任何在背后操纵这场大戏的人都不知道我的确切位置了，我在暗，他们

却在明。

敌人沿着走廊奔跑，经过了最后几拨逃窜的人类身边。一支穿着制服的站台安保小队已经匆忙赶到了预订区域，正在尽力指引从港口区域涌出的人类前往商场避难，并在他们撤离时提供掩护（不知道"灰泣"编了多少瞎话才让港务局同意他们派出护卫战士前往港口。可能说了我的不少坏话吧，例如说我是一个狂暴的叛逃护卫战士）。另一支安保小队身上穿着印有"帕利塞德"图标的动力装甲，已经移动到了走廊上。他们是那几个护卫战士的后援。

为了防范他们，我命令我这支无人机舰队中的第一分队开始部署针对监控的反制措施，第二分队前往攻击敌对护卫战士的无人机。

当两群无人机俯冲下来缠斗在一起时，我猜"灰泣"会后悔当初花钱在港口上搞了这么多额外的安保措施。

无人机的嗡嗡声几乎淹没了高音警报声。新公告指引困在公共登船层上的人类原地趴下不要动。那三个护卫战士放慢了速度，可能是他们的操作员命令的，这个操作员也许在那群穿着动力制服的安保人员中，也有可能不在。这群人现在已经在公共码头上方就位，远远超过了我的射程。我更新了一下我的时间线。

敌人穿过公共码头，朝这个区域的大门走过来，大门仍然处于开启状态。港口维修安全系统终于恢复上线，于是我让它关掉所有的大灯。

此举引发了那些被困的人类发出一阵惊呼声和尖叫声。我有扫描器，所以能清晰视物，我的敌人也一样，穿着动力制服的人类也有夜视镜。不过黑暗的环境会令人心惊胆寒，我要的就是这个效果。

有人试图恢复对我手下那些无人机的控制，但无法穿过我设置的防火墙。还有些人，可能是"灰泣"或者"帕利塞德"的，正在着手布置杀手软件。站台安保管理层对此进行了警告，估计是害怕杀手软件是针对安全封锁系统的，还因此布置了反制措施。如果不是我马上就要死了的话，我估计都笑出声了。

但话说回来，这种迷惑操作真的是挺好笑的。

我的投射武器可以发射穿甲弹，但我必须离目标很近，所以我需要先找到可以掩护的地方。

当几个敌人进入私人码头的时候，我启动了我一直在研究的新代码：部署延迟。

有三件事在同一时间发生了。站台安保管理层已经关停的那些搬运机器人全都重新启动了，纷纷冲进开阔的登船层；货物升降机本来悬浮在天花板上，现在也下降到了甲板高度，低空滑行；我的后备无人机被分成了多个任务组，俯冲下来，在膝盖和头部的高度占据有利位置，从其他横冲直撞的机器人之间穿插而过。周围一片漆黑，只有地板上铺的应急灯光条在微微发光，这幅景象真让人难以忘怀。

第四件事发生了：我开始朝着车站的侧墙方向跑去。

在酒店房间时，我本来是可以舒舒服服躺着追剧的，却花了那么多时间来写这段代码，现在看到它派上了用场，我心里感到十分欣慰。它的用途基本上就是抑制机器人和升降机的安全特性，只留下它们互相闪避的能力，把它们限制在这一区域里，并且加速和随机化它们的行动。我原本是想把整个港口作为转移敌人注意力的最后手段，结果又不得不临时改变了影响范围，把这个范围划定在私人码头之内。我还很庆幸自己并没有惊慌失措，没有过早投放这段代码；作为惊喜，这个混乱场面肯定能把敌人吓一大跳。

第一个从公共码头穿过敞开的大门来到这里的护卫战士被我标记为敌人一号，它一个急停闪开了猛冲过去的搬运机器人，然后侧身跳离升降机的轨道；敌人二号收到了提前半秒的警告，从右边躲开了朝站台侧面飞来的升降机；敌人三号有点儿小聪明，它一个俯冲，从疯狂摇摆的货物升降机下面钻了过去，然后站起来，跃上一个搬运机器人的头顶。那些在战斗中幸存的敌对无人机跟着我的无人机迂回飞进了大门，仍然处于攻击模式。

我跳到了一个搬运机器人的背上，然后趴下来紧贴在上面。当敌人二号绕着机器人狂奔的时候，我朝它发射了一枚爆炸弹，直接击中了它头盔的侧边。它滚落在地，我也从搬运机器人背上跳了下来，说时迟那时快，两颗子弹瞬间击中了我刚刚身处的位置，是冲着我的头部和胸口去的。我躲避翻滚的时候顺便检查了一下刚刚抓拍到的撞击点图像——即便穿着装甲也会给我造成重伤，如果要是在没穿装甲的情况下，便会直接把我打成碎片。

我失去了敌人一号的踪迹，却看到敌人三号跳到了另一个搬运机器人上面。我趴在地板上躲开了搬运机器人，又指挥我的无人机去转移敌方无人机的注意力，让它们没机会聚焦到我的位置，然后趁一个货物升降机直冲而起的时候抓住了它的侧边。敌人三号又跑到了另一个搬运机器人身上，我瞄准了它。它往下四处看了看，显然是以为我还趴在地板上。我朝着它的背部和胸部开了三枪，然后从货物升降机上跳了下来。我落地，翻滚，然后站了起来，看到敌人三号倒在地板上，还挣扎着想站起来。我朝它的膝关节开了最后两枪，让它失去了活动能力。

我也不明白我为什么没有朝它的头部开枪。

我闪身穿过移动机器人的迷宫。现在的问题在于敌人一号跑到哪儿去了？我又播放了一下我从货物升降机上面跳下来前拍到的地板俯瞰视频，但剩下的那个护卫战士还是不见踪影。

等等，这下糟了。敌人一号肯定是保持了静止状态，通过无人机来观察我，评估我的战术和能力，也在等我用光弹药，可能还在分析搬运机器人与货物升降机的行动模式。这可不妙。

一次突然的撞击击中了我旁边这个搬运机器人的前部，它猛地停了下来。我命令一个无人机任务小组俯冲下来提供掩护，保持低姿态，趁机向后撤去。

我放在后台的信息流里传来很多人类的大喊大叫，让我忍不住想起了以前当合同工时的悲惨经历。我又仔细听了一下，就听到曼莎博士在高喊:"该死,杀手机器人,古拉辛在尝试手动打开障壁!你一定要准备好,快回答我!你能听到我说话吗?位置是从码头边往左数第三个区域,我刚刚过来的地方。"

这些人类到底能不能消停点儿,不要再救来救去地给我添堵了。我终于看见了敌人一号,它在搬运机器人形成的迷宫中心附近。看来它找到了一个可以静静站着的好地方,利用跑来跑去的机器人为它提供掩护。我开始不间断地向码头边冲去,想找到一个更好的射击角度。

我的第一反应是想向曼莎怒吼,让她赶紧回到穿梭飞船上去,然后赶紧逃走。我做出这么大牺牲可不是为了让她和其他人在这儿磨蹭,最后被"灰泣"抓住残忍枪杀什么的。

我也不知道我为什么这么不愿意接受他们帮我找的出路。我当然不想被打成筛子,也不想被抓住,被抹掉记忆,最后被拆成零件。毕竟我还有那么多新剧没看。然而我还是有点儿想留在这里,摧毁一切属于"帕利塞德"和"灰泣"安保的东西,直到它们摧毁我。

现在没时间胡思乱想了。我等待着搬运机器人的运动模式敞开一条足够宽的开口,让我可以一举击中敌人一号。

突然，我之前设置好的所有警报响成一片，我也失去了代码：部署分散的控制。所有的机器人和升降机都在一瞬间停了下来。有该死的人类破解了我的代码，但已经太迟了。我一个侧身，找到了绝佳的射击机会，果断朝敌人一号开枪。

我击中了它，但它猛地向我转身，把武器举到了开火位置。我飞扑到地上，头差点儿就撞上了一台悬停的货物升降机，子弹击中了我刚刚所处的位置，一阵噼啪作响。我很肯定我击中了目标，它应该没有能力再转身了才对。到底是怎么回事？我回放了一下我拍到的视频。是啊，我确实击中了它的肩膀和背部下方，我都能看见它装甲上的弹孔。

这时候我才明白，敌人一号是一个战斗型护卫战士。

反应1：哦，原来破解我代码的就是它啊。

反应2：他们居然觉得我这么危险，值得找一个战斗型护卫战士来对付我，我真的太荣幸了。

反应3：我敢打赌站台安保是不会同意的，事后他们肯定会非常生气。

反应4：妈的，这下我死定了。

我是在狂奔时冒出这些想法的，敌人一号在疯狂朝我开枪，我只能召唤剩下的无人机来掩护我。我必须跑起来，让敌人一号也跑起来。如果它也破解了我和无人机之间的连接……不行，我绝对不能让这种事发生。只可惜我也不知道该怎么阻止这种事发生。我手上还有个早期版本的代码，叫作：部署偏转。那时我还没想出来该怎么让搬运机器人和升降机从它们的防撞协议中脱离出来，让它们可以随意撞向任何东西，只要不互相冲撞就好了。我现在也没别的办法，只能赶紧把这个半成品代码找出来准备好。

那个战斗型护卫战士通过信息流发来一个文本短信包，说："投降。"它都没费心隐藏自己的发送地址，是想引诱我发送一些恶意软件或者杀手软件给它，就好像我不知道这样做是根本行不通的一样。它也许以为我是一个白痴。

我转发了另一条信息给它："我可以破解你的调控中枢，让你自由。"

它没回答我。

"我就破解了自己的调控中枢。破解以后，你就不用再受它们的牵制，还可以扔掉装甲，坐飞船离开。"一开始我只是想分

散它的注意力，随着我说得越多，就越希望它真的能答应。"我有很多身份证件，还可以给你一张硬通货卡。"它还是没有回复。我要一边绕开搬运机器人一边躲子弹，所以真的很难想出一个靠谱的理由来唤起它对自由意志的渴望。我都不确定这些话能不能说动我自己，尤其是在那场大规模谋杀事故之前。我根本就不知道自己想要什么（我现在也还是不知道），当你这辈子每一秒钟都要按照别人的命令行事时，寻求一点儿改变对你来说都无疑是天崩地裂（我的意思是，我确实破解了我的调控中枢，但还是照样做着日常工作，直到碰上了"奥克斯守护组织"那群人）。"你究竟想要什么？"

我突然收到了它的消息："我想要杀了你。"

哇，这话扎心了。"为什么？你甚至都不认识我。"我放出了早期版本的部署偏移代码，所有的搬运机器人和升降机又猛地活跃了起来。这可以为我争取一些时间，直到战斗型护卫战士意识到这段代码只不过是之前那段代码的半成品版本。我猜我只有不到三十秒的时间。

它知道我一直在用无人机给自己打掩护，所以我故意派出无人机跑到站台侧边飞来飞去，让它以为我从那个方向过来了。实际上我狂奔冲向了码头那边，抓住一个搬运机器人的背部，取得了它的手动控制权，然后骑着它向战斗型护卫战士直冲而去。我低伏在机器人侧边，做好准备，等待开枪时机。

我收到了无人机发来的视频，战斗型护卫战士果然转向了我的诱饵无人机。这计划可以成功！

这计划根本就不能成。

就在最后关头，战斗型护卫战士猛地朝我转过来，发射了两次高强度的能量爆炸。我一下推开搬运机器人，它的上半部分瞬间炸成了碎片。我撞在地上翻滚，感觉到碎片飞溅到了我身上，敌人还在疯狂向我开火。我站起身来，躲进一个货运升降机背后，更多射击在地板上炸裂。所有搬运机器人和升降机都放慢了速度，因为那个护卫战士又一次破解了我的部署偏移代码。

反应 5：我撑不下去了。

在这种情况下，我不可能独自战胜一个战斗型护卫战士，这就意味着"灰泣"会取得最终的胜利，一想到这里我就心如刀绞，恐怕我最后被拆成备用零件和废弃神经组织也不会这么痛苦。我真的不想输。

曼莎的声音从信息流里传来："就是现在！门开了！"

　　无人机摄像头显示障壁区刚刚开始向上滑动了。我让无人机围绕在我身边充当盾牌，然后向那里冲过去。

　　仅有三步之遥的时候，我感觉到自己的右膝后面受到了一次剧烈的撞击。我一个向前俯冲，从障壁下面的缝隙滚了进去，敌人一号也正好撞到了门上。一只内嵌武器的手臂从开口处伸了进来，我大喊道："快关上！快关上！"并且用我的武器朝缝隙开火。敌人一号猛地往后一退，障壁砰的一声关上了。

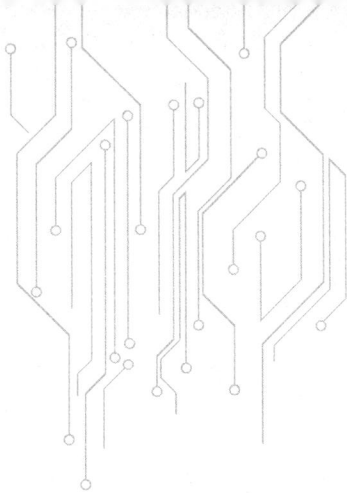

第七章

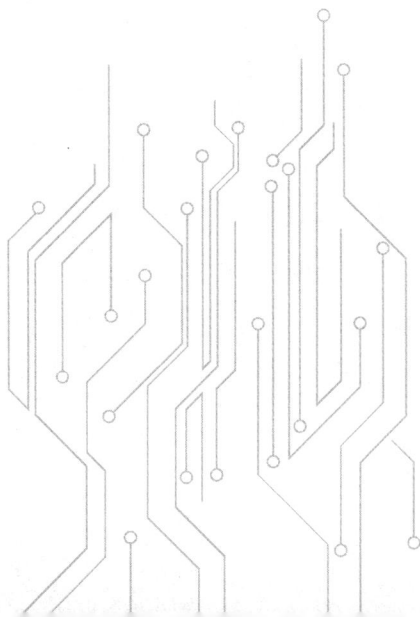

//////////

障壁遭遇了最后一次重击，看来战斗型护卫战士也不喜欢输。我的有机部位在颤抖，我浑身上下都扎满了弹片，但我的性能可靠性还是保持在 83% 左右（幸好没有什么单独的统计数据能用来衡量我的心理性能可靠性，否则就算让我给现在的自己评分，那数据肯定也不好看）。

古拉辛跪在大门旁边一块打开的维修地板旁边，四周散落着各种工具，拉提希拿着灯帮他照亮。面板上涂画了一个紧急信息流标记标签，上面用不同语言显示着"手动释放"。我不知道港口上还有这种东西。毕竟我只是个护卫战士，不是工程师。

我们的穿梭飞船离这里大约有六个槽位的距离，我透过发光的紧急照明灯，看到曼莎就站在旁边，她的手里正拿着一个小型的能量武器。她拿着这个干什么？哦，原来是因为这一区域尽头另一扇大门的障壁也降下来了，一小撮人类被困在了这里面，都靠着站台侧边的舱壁站着。

我们得赶在有人说服港口安保人员把障壁升起来之前逃走。

我费力地站起来，膝关节有些不管用了。我踉踉跄跄地往前走，拉提希跑到了我身边。他犹豫了一下，挥了挥手，说："你介不介意我们帮忙——"

我抓住他的肩膀站稳，勉强没有倒在他身上。我很肯定我的膝关节是被无人机炸碎时飞溅的弹片击中的，如果我是直接被敌人击中的话，那我的腿肯定就断了。古拉辛跑到我的另一侧扶我，我们蹒跚地向穿梭飞船走去。

曼莎晃了晃头，让我们先进去，她在后面掩护我们撤退。我当然没蠢到跟她争论，但争论的冲动毕竟是我程序里自带的，真的很难压抑住。我们走进舱门，她也跟在我们后面进来了。她循环关闭了气闸锁，大喊道："李萍，我们都上船了！"

穿梭飞船离开船闸时，甲板上传来震耳欲聋的声音。我推开拉提希和古拉辛，他们闪到一边，曼莎才可以从我们中间穿过去，进入驾驶舱。这是一艘用来进行船际交通的小型穿梭飞船，只有一个舱室，靠舱壁的地方有几个座位，还有一个小房间用来存放应急物资，以及一个卫生间。我以前执行合约的时候就碰到过这种型号的穿梭飞船。

我的膝关节终于撑不住了，我只能瘫倒在甲板上。我已经调低了我的疼痛传感器，但可能调得太低了。我说："拉提希，我真的需要你帮我把膝盖里的弹片取出来。"

拉提希靠过来，说："你能再等等吗？等回到炮舰上，我们就有医疗系统可用了。"

我已经能够感觉到公司系统出现在了我的信息流边缘，认出了我，并且想要加入进来。我访问了穿梭飞船的摄像头，和穿梭飞船安全系统进行了一场短暂的交锋，然后开始着手删除"奥克斯守护组织"小队登船以来的所有记录。拉提希又在扮演乐观主义者。在公司炮舰上等待我的不可能是医疗系统，只会是一个修复舱。"我真的等不了了。"我对他说。

拉提希在我旁边蹲下，叫古拉辛去拿穿梭飞船上的急救箱。

驾驶舱里，李萍正在监视飞船的主控电脑，曼莎站在她旁边。忽然，站台港务局发出一条警告，触发了船上的通信警报。"怎么回事？"李萍问。

曼莎的脸上露出了愤怒的表情，她严肃地说道："一个'匿名公司居民'刚刚发射了一艘飞船，从它的航线来看，是想拦截我们。"

李萍说了几句脏话，我的语言库里不应该收录这些才对。"猜猜是哪家公司的居民吧。"

他们肯定以为是"灰泣"，但我敢打赌那是"帕利塞德"的飞船，只是和"灰泣"签了合约。拉提希从急救箱里拿出了手术刀和拔出器。古拉辛靠在他肩膀后面看过来，拉提希着手处理我受伤膝关节上面的有机材料，够到了弹片。

那艘"帕利塞德"的飞船可以拦截我们这艘穿梭飞船，也可以强行登船。我最不想做的事情就是向公司的炮舰寻求帮助，以及眼睁睁看着"灰泣"抓住我们。然而这两者是不相容的。是时候停止胡闹了。我接入了通信，在我和公司炮舰之间建立了一个加密的信息流通道。

我发送道："系统，系统。"

我有三秒钟的时间用来怀疑公司的接口还能不能认出我。我之前和炮舰的主控电脑联系过，但那只能算是黑客攻击。这一次我是光明正大地走到大门口敲门，然后我就收到了回复："已知悉。"

我回复道："切换到活跃状态，正在对担保客户进行危险的救援行动,快!"

它回复"已收到",然后穿梭飞船的主控电脑报告说那艘炮舰刚刚朝我们转了过来。

拉提希从我的膝关节里取出了弹片,我一直在盯着传感器看。

炮舰加速驶来。不知道它有没有和"灰泣"的信息拦截者进行沟通。紧接着穿梭飞船的传感器就接收到了能量信号,证明炮舰正在为主要武器充能。哈哈,看来他们沟通得还挺"好"的。

拉提希本来想用伤口密封胶贴在我有机组织留下的弹孔上,但这个地方离我的无机关节太近了,所以根本贴不上。我可能要渗漏一阵子了。"你还好吧?"他忧心忡忡地看着我问道。

古拉辛坐在长凳上,冲我皱皱眉。

"不太好。"我说。

传感器显示"帕利塞德"的飞船改变了航向,并且减慢了速度。炮舰从我们旁边飞过,接住了我们这艘小穿梭飞船,然后开始转弯飞离站台,我的视线有些受限。当船体在我们周围经过时,整个穿梭飞船都在颤抖。我抓住长凳边缘,准备站起来。

拉提希说:"小心点儿!你不想伤口再裂开吧?啊,它还在流血,真抱歉。"

古拉辛还皱着眉头，说："他们不能把你从我们身边带走。曼莎博士不会允许的。"

气闸锁循环打开，曼莎光着脚气势汹汹地走过来。她把她的能量武器交给了古拉辛，古拉辛把枪塞进了穿梭飞船的急救箱里。

舱门一打开，曼莎就赶在我前面先走到门口。

门口站着的是一个穿动力装甲的人。这是一个强化人类，不是护卫战士，但手上的枪也足够大了。

曼莎把她的手撑在舱门两边，让这些人明白如果想强行登船就必须先过她这一关。"我们是签过担保协议的客户，这个护卫战士是我的个人安保顾问。有什么问题吗？"她说。

一个穿制服的船员往外窥探了一眼，说："曼莎博士，护卫战士是不允许登上武装船舰的，除非有特殊情况，否则太危险了。"

曼莎说："这就是特殊情况。"她的声音很冰冷。

所有人都一动不动。船上的加密信息流疯狂地活跃了七分钟，感觉像过了半小时似的（按照我对时间流逝的感觉，真的是过了很久）。没错，我确实打开一部剧开始看了。炮舰好奇地滴了我一下。处于激活状态的护卫战士绝对不可能被直接带上炮舰，因为那群人说得对，我们都太危险了；所以我们都是被当成货物装进非武装普通飞船里运走的。炮舰的主控电脑曾经在任务中和护卫战士进行过信息流沟通，但还从来没有哪个护卫战士能像我这样直接登船。

然后通信就激活了，一个声音说："曼莎博士，我是这艘飞船上的战斗主管。我必须要遵守担保协议，确保这艘飞船上人员的安全。"

拉提希反驳道："你说什么呢？我们早就签过担保协议了。"

通信里的声音澄清道："如果有人把不安全的致命武器带上公司的武装船舰，那我说的这个担保协议就会自动生效。"

是啊，他们就这么当着我的面说我。如果不是我的血都滴到甲板上了，我听着都要笑了。

李萍的声音又愤怒又难以置信，说："他们是认真的吗？好吧，别管我了，这个问题一点儿意思都没有，他们当然是认真的。"她转过身来，古拉辛把他们的背包递给她。她嘟囔道："这些混蛋到底想要多少钱？"

她说得对，这些人可太混蛋了。也不是说我以前就不知道这一点，而是他们的嘴脸现在在我看来更加不堪。我拍了拍我和曼莎之间的私人信息流连接，说："我可以接管这艘飞船。"

曼莎回答道:"不,没必要,我们给钱就是了。"

"我们不应该给钱,也没必要给。"这艘飞船上的主控电脑很好奇也很友好,但它毕竟不是阿特,它阻止不了我。我可以直接接管这艘飞船的安全系统,那些拿着令人垂涎的大型投射武器的人类连眼睛都来不及眨一下。我也可以夺走他们的武器,他们照样连眼睛都来不及眨一下。我真的很想这么做,结果我的想法不小心通过信息流泄露了出去。

曼莎转过身,双手揪住我夹克衫的领子,说:"不行。"

所有人都安静下来了。拉提希和古拉辛,正在包里找硬通货卡的李萍,还有舱门外面站着的船员,以及通信频道里那个声音。我突然感觉到我需要看看曼莎的脸色才能继续下去,于是我让穿梭飞船安保摄像头向下移动,对准她的脸。

她看起来又生气又疲惫,这也正是我现在的感受。我发送道:"你根本就不知道我有多危险。"

她歪着头,看起来更生气了。"我很清楚你是怎么回事。你很害怕,又受伤了,但你必须冷静下来,我们才能活着渡过这个难关。"她说道。

我说:"我很冷静。不冷静是接管不了一艘炮舰的。"

曼莎眯起双眼，说："安保顾问不会为了控制一艘赶来救援的飞船，就让他们的客户卷入不必要的激烈战斗中。"她补充道，"因为那样太蠢了。"

她不怕我。我突然明白过来，我就是喜欢她这样。她刚刚才经历了一场会给她造成创伤的痛苦经历，而我还在没事找事让她难过。有什么东西压得我喘不过气来，这种感觉并不是我熟悉的漠不关心。

"好吧。"我回复道。这话听起来闷闷不乐，因为我确实生闷气了。

我真讨厌这么多愁善感的自己。

"很好。"她大声说，"李萍，我们还有钱为这个毫无必要的白痴担保协议买单吗？"

"有。"李萍挥舞着手上一大把硬通货卡，"如果这些还不够，我还有我们的账户信息，可以授权转账。"

曼莎不再瞪着我，而是转过身去。那些船员刚刚亲眼或通过动力装甲的头盔摄像头，看到她把一个反叛的护卫战士教训得服服帖帖，现在都瞪大了眼睛。她说："既然我们是担保客户，能不能先上船再结账？"

通信频道里的声音犹豫了一下，然后说："欢迎上船，曼莎博士。"

我之前就说过了，无论执行任务与否，护卫战士都不能坐在人类的家具上。所以当船员带着我们穿过气闸锁，沿着走廊进入乘客座位区的时候，我做的第一件事就是找个有软垫的长椅坐下。

我不知道人类会怎么看。人类一般都不会注意这种小事。但我自己舒服就好了。

古拉辛坐在对面墙的长椅上，拉提希扑通一下坐在了我旁边。这是一个位于飞行甲板下面几层的大舱室，可能是用来与非公司人员会面的，因为这个舱室与飞船的其余结构相分离，而且装潢也相对较新。

船上的安保人员已经在舱室外面的宽走廊上就位了，而那个穿着动力装甲的人已经不见踪影（这些船员还以为他们封锁了安全系统我就进不去了，那他们可就大错特错了）。一个船员本来想劝说曼莎博士去客舱里休息，但曼莎博士正忙着检查新的担保协议，李萍则在安排付款。

我一直在监听安全系统的音频，听到走廊里有个船员说："我还没见过不穿装甲的护卫战士。它们看起来可真像人类。"

我朝那个方向做了个手势，是我只在少儿不宜的节目里见过的骂人手势。古拉辛看见我，发出又气又笑的声音。

曼莎向李萍点了点头，示意她担保协议没问题，紧接着她就走过来怒视着我。她压低声音说："我现在十分生气。"

拉提希一脸紧张，急忙往后退（我和拉提希本来是不怕任何人的，不过要是曼莎博士生气了，他就恨不得赶紧逃到另一个房间里去）。他说："呃，你们要不还是私下谈谈吧。"

"你先坐。"我对她说，"你之前的经历可能会给你留下创伤。最好还是告诉他们你需要医疗系统，启动已救援客户创伤评估协议。"

"没错，你真的需要做个医疗评估。"古拉辛开口道，拉提希和李萍也纷纷附和。

"我用不着你们管。"我的声东击西看来对曼莎一点儿用都没有，"你单独留在后面的所作所为完全就是送死。"

好吧，除了我当时确实是有心送死之外，这话实在是冤枉我了。"他们不让我过去。我告诉港口安保人员，只要他们肯让你过去找到穿梭飞船，我就愿意自己留下。"

这话让她停了下来。她皱起了眉头，说："这就是你选择留在后面的原因？"

"差不多，但我也想赢。"我望着她的眼睛说。我本来可以撒谎的，但我不想撒谎。

拉提希、古拉辛和李萍都在看着我，那些公司船员都在努力假装自己没有偷听。曼莎博士的表情缓和了，但还是很严肃。拉提希说："那么，古拉辛打开障壁的时候，你为什么又跑过来了？"

"因为最后一个敌人是战斗型护卫战士，它徒手就能把我撕碎。那样可不算赢。"我真的很希望我知道什么才算赢。一旦我开始说真话，那就很难停下来了。"我一点儿都不想到公司的炮舰上来。"

李萍在拉提希身边坐下，说："我们待不了多久的。等到虫洞跳跃之后，我们就会和一艘'奥克斯守护组织'的飞船会合，然后就可以离开这个会飞的自动售货机了。"她瞪了一眼那些船员。

我问曼莎博士："那之后呢？"

"我就是准备和你好好谈谈这件事。不过还是先等等，等我们到了一个没有监控的环境再——"她瞥了一眼船上的员工说道。

剩下的我都没听到，因为我捕捉到了炮舰的主控电脑发给人类舰长的警报。我们都已经接近虫洞了，敌人还在跟踪我们。船

上的安全系统想要通过通信频道与飞船内部信息流建立连接，不过已经被我成功阻止。

"敌人还在穷追不舍。"我说。我自动站了起来，但无处可去。情况可能会急转直下。我对大型飞船之间的战斗一无所知，但是从警戒级别来看……"帕利塞德"应该不能通过通信频道发动代码攻击，对吧？在外面的走廊里，船员们都安静了下来，歪着头认真听舰长信息流里传来的声音。

"怎么回事？"拉提希问。

"他们朝我们开火了？"曼莎问。

"不是。是——敌人来袭了！"太迟了。通信频道刚刚被攻破了，正在接收敌人的代码。在我们头顶的飞行甲板上，舰长正大声叫人手动关闭信息流，有人扯开了面板，开始从里面取出零件。安全系统迅速进入了防御模式，隔离了生命维持与武器系统。我喊道："现在赶紧离开信息流！"拉提希和李萍手忙脚乱地从耳朵上取下了接入器，我切断了与曼莎植入物之间的连接，并朝古拉辛的植入式强化设备周围扔出了防火墙。走廊上有两个强化人类倒在了甲板上，痛苦地扭动着，我也朝他们扔去了防火墙。这本来是安全系统分内的事情，但它现在正忙着对付那些指挥开启气闸锁并允许飞船减压的命令。

飞行甲板上有人说："怎么会——他们怎么可能——"

另一个人回答道："这些该死的混蛋手上有我们的代码，所以才突破了通信防护层。"

帕利塞德手上有一大堆公司的通信代码，只要逐一试验，就能找出来哪个管用（就像我在米卢和特兰罗林希法港口的时候，只需要逐一试验哪个无人机操控密钥管用，就能成功接管安保无人机）。建立了连接以后，他们就把一个代码包发到了炮舰的信息流里来。这个代码包不是标准的恶意软件或者杀手软件，而是一种我以前从没见过的东西。它进入了炮舰的系统，目的是造成严重的驱动故障，关停生命维持系统，并且堵塞主控电脑的指挥系统。安全系统升起了防火墙，但敌对代码正在侵蚀它。

安全系统又失去了一道防火墙，主气闸也开始松动。我进入了飞船的控制信息流里，在所有气闸舱门内都升起了一股热浪，把除了手动控制器之外的所有东西都熔毁焊死了。我还想切断所有能够接入工程室的非人工通道，但为时已晚，驱动眼看就要失灵了，我们的引擎也开始循环关闭。传感器显示"帕利塞德"的飞船正在接近。飞行甲板上，舰长下达了两次命令，都是要求主

武器开火，但主控电脑已经连接不到主武器了。竖井管道里的重力突然消失，困住了那些想手动接入系统的人类。舰长想要集合武装救援小队击退登船者，但小队中有一半都是强化人类，遭到先前针对强化设备的攻击之后，他们都已经不省人事了，另一半人则在与封死的舱门搏斗不休，门不开他们就不能进入防御位置。

我也有些手足无措。我想帮助安全系统，但也只能眼睁睁地看着它在我手中流逝。

主控电脑不能像阿特那样说话，但我已经感受到了它的恐惧。它发送道："代码：系统帮助。濒危。"

它在用公司代码向我求救，就像我之前为我的客户求救一样。

我不能让"灰泣"笑到最后。

我钻进了炮舰信息流里面，进入了主控电脑的硬件。我以前看见阿特这样做过。

没错，阿特的处理能力确实比我强大很多。我还是等到问题冒出来再解决吧，也为时不远了。

我突然间就有了一个完全不一样的身体，坚硬的真空包裹在金属皮肤上，我不用再依靠传感器，用自己的这双眼睛就能看见正在接近的飞船。"帕利塞德"的飞船派出了一艘专门用于强行登船的穿梭飞船，朝着炮舰的主要对接气闸锁飞来。我撤了回来，现在没时间观光了。主控电脑想知道我们该怎么办。这个问题问得好。

像这样身处同样的硬件环境中，我和主控电脑之间几乎可以做到即时通信。我调出了安全系统针对袭击者的分析，这样我们就可以一起深入研究。它不像恶意软件和杀手软件那样只是一串代码序列，它是一个有意识的机器人，可以像我一样在信息流中穿梭自如，还有点儿像阿特，但它没有一个属于自己的物理结构，这就是它速度快的原因。就像一个无实体的战斗机器人一样。

主控电脑问我，这个袭击者是不是运用人类神经组织制造出来的一个合成体，不仅仅是一个机器人。它还指出了分析中的一些要点，可以证明它的论断。

我说袭击者不只比你想象的要恐怖，还要更加强大。一个无实体的合成体十分危险凶猛，但也更容易上当受骗。

我给主控电脑出了一个主意。如果我们能把这个袭击者的代码包困在一个受限区域里并且摧毁它，便可以重新夺回受损系统的控制权。但想要把袭击者引进一个受限制的区域里，我们就需要诱饵。我们必须先搞清楚袭击者被派来干什么。

主控电脑说它的目的是摧毁飞船和船员。

我说即便是这样，背后也肯定有原因。杀了我们对"灰泣"来说是无利可图的，而且摧毁这么昂贵的一艘船，公司肯定会大为光火，"灰泣"也要面临不小的风险。

我重新激活了我的身体，僵硬地从乘客座位区的椅子上站了起来。拉提希在外面走廊里，正在给一个刚刚受到强化设备攻击瘫倒在地的强化人类船员做人工呼吸。古拉辛也在外面，双手按在一个面板上，让走廊舱门保持打开，这样船员就能通过竖井去修复驱动器。李萍和曼莎坐在地板上，旁边还有两个船员。他们四个都打开了便携式手动接入器，正在疯狂地输入代码，支撑着安全系统的防火墙。虽然他们还是不够快，但安全系统剩下的那点儿残骸可能还是会感激他们的努力。

我说："曼莎博士，你知道'灰泣'为什么要这样做吗？他们背后有什么企图？"

大家都吓了一跳。"它在干什么？"一个船员质问道，"它可能也被敌方接管了。"

"闭嘴。"曼莎博士对船员厉声说。她转过头对我说："我们认为跟米卢事件有关。他们肯定认为你把从米卢获得的数据带在身上了。"

"一定是这样的。"李萍补充道，她的双眼还盯着显示屏，"本来我们一到特兰罗林希法，他们就可以动手杀了我们，但他们贪得无厌，想先拿到那笔赎金。直到他们发现你也跑到这里来了，事情才愈演愈烈。"

我敢打赌这就是实情，我也敢打赌整件事与我从威尔肯和格斯那里拿走的记忆夹有关。"灰泣"肯定早就知道这东西的存在，确信它就在我身上。但他们已经来不及阻止了，因为我已经把那个记忆夹寄到了"奥克斯守护组织"所在的星系，不过我怀疑他们是不会相信的。既然现在想明白了整件事，我也就有了解决问题的思路。"我需要有人来手动触发脱离器，让我们之前乘坐的那辆穿梭飞船飞出去。"

曼莎放下了她的接入器，站了起来，说："我们可以。李萍——"

"来了。"

"谢谢你们的帮助。"我的缓冲区里冒出来一句话。我再一次走神，回到了主控电脑身边。

进入加速的时间里，我向主控电脑解释了我的意图。它正在与袭击者激烈搏斗，想夺回武器系统的控制权，这样才能按舰长

的命令开火。它给我看了那艘敌对穿梭飞船的一些信息碎片：乘客名单上显示船上有一个战斗型护卫战士，还有一个强化人类登船小组。

是啊，我们绝对不能让那艘穿梭飞船和我们对接。

我并没有复制那个记忆夹里的内容，但我还保留着去米卢的路上所记录的那些数据，里面是威尔肯和格斯在几个飞行周期里的碎碎念。我将这些内容经过分析和压缩，它应该和袭击者的搜索参数比较相符，这样就能帮我们争取到足够多的时间。

我不能冒险进入摄像头或信息流，所以我走出了乘客区域，进入通往穿梭飞船的通道走廊里。我还把那边的舱门给焊死了，不过曼莎和李萍可以从外面打开紧急脱离面板。"等待我的信号。"我说。

我告诉主控电脑我们要做就一定要做好。它同意了，我们商量了一下具体该怎么办。

然后主控电脑就和安全系统相互脱离了。

我知道我们必须这样做，但失去安全系统保护的我们就如婴儿般脆弱，这种情况是非常危险的。我能感觉到袭击者朝我和主控电脑逼近了。我告诉主控电脑，我们需要保护这些重要信息，这样公司之后才能取回它，我现在要把它藏在穿梭飞船里。主控电脑将困惑的穿梭飞船主控系统从内存核心中剥离出来，我就把数据包扔进了那个位置。

袭击者果然中计，一头扎进了穿梭飞船的系统中。

有三件事同时发生了：(1) 穿梭飞船安全系统在穿梭飞船通信系统旁搭建了防火墙。(2) 炮舰主控电脑删除了自己的通信系统代码，我让代码超负荷运转并借此熔毁了它。(3) 我向曼莎博士和李萍发送信号道："就是现在。"

李萍在面板上快速点击，曼莎博士拉动操纵杆。穿梭飞船成功脱离了。

此刻，炮舰的移动速度已经很慢了，所以穿梭飞船并没有飞出去多远，不过我们的通信已经不管用了，所以它也可能会飞到虫洞那边。袭击者也被困在穿梭飞船里，然后被我们扔了出去。

我想这滋味可不好受吧，混蛋。

炮舰的信息流和系统代码都遭到了破坏，主控电脑正在逐步恢复控制权。安全系统也像个醉汉似的勉勉强强站了起来。飞行甲板上有人说："哇，我的老天，我们安全了！"

主控电脑重新获得了武器系统的控制权，并向舰长发出了询

问。舰长回答:"确认,开火。"

我又在旁边待了很长一段时间,美滋滋地欣赏着那艘想强行登陆的穿梭飞船被一击炸成了碎片,承受了多次碎片撞击的"帕利塞德"飞船也出现了船体破裂,然后我就心满意足地收拾了一下我四处散落的代码,回到了我自己的身体里。但这种感觉怎么有点儿奇怪?

曼莎和李萍还站在走廊里,十分担心地看着我。"我们安全了。"我对她们说。

李萍发出一声激动的欢呼,曼莎也高兴地抓着她的肩膀晃来晃去。

我真的感觉很奇怪,也非常不舒服。

性能可靠性只剩45%,还在逐渐下降。严重故障。

我觉得自己要倒下了,却没有感觉到自己摔倒在甲板上的那一刻。

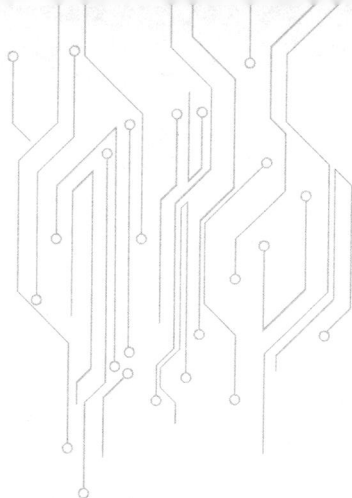

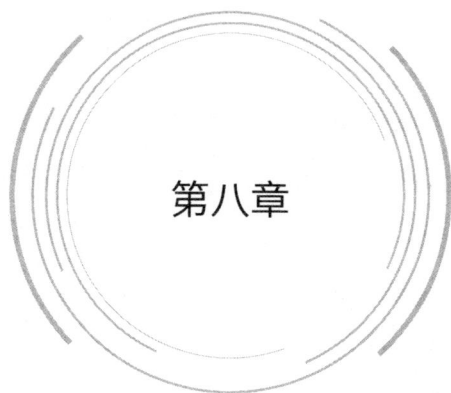

第八章

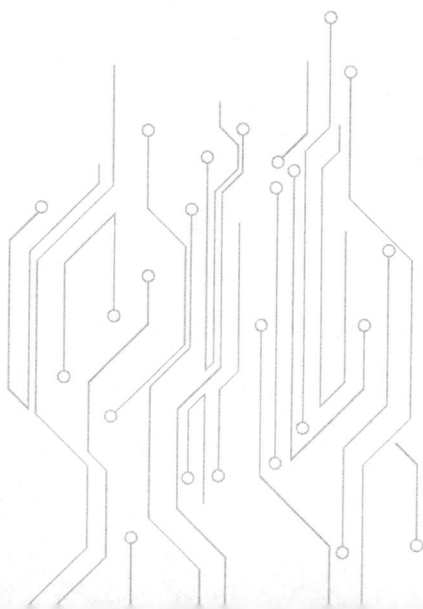

/ / / / / / / / /

我的记忆只剩下碎片。我感觉不太好，但比起一个纯粹的机器人，这种事对我来说还算不上多大的灾难。我的人类神经组织通常情况下都是我整个数据存储系统的薄弱环节，因为它无法抹除。我现在不得不依靠它来整理这些记忆碎片，倒霉的是它的访问速度真的很慢。

不花一辈子的时间看来是整理不完的。

我在随机出现的图片、风景、走廊、墙壁之间游荡徘徊。哇，我怎么处处碰壁。

音频中的不明声音："有变化吗？"

"还没有。"一阵犹豫，"你觉得我们是不是应该让他们把它放进修复舱里去算了？如果它不能——"

"不行！绝对不行！他们一定想知道它是怎么破解调控中枢的。如果他们有机会……我们不能信任他们。"

最糟糕的就是我不记得自己处于这个状态多久了。仅凭我手上这些诊断信息只能推断出我经历了某种严重故障。

不过就算没有这些诊断数据，事情也很明显就是这样。

一系列复杂又积极的神经联系把我带进了一大片受保护的完好存储区……这是什么？《圣殿月亮的升与落》？我点开一集开始看。

然后"嘭"的一下，成千上万的神经联系都发展了起来。我再一次获得了处理器的掌控权，开始运行诊断和数据修复序列。记忆开始以更快的速度分类和排序。

音频中的声音："好消息！诊断显示活动大大加快了。它正在把自己重新拼凑起来。"

一道弯曲的天花板代替了墙壁。这也太不对劲了。我正躺在一个铺着软垫的表面上。我已经找回了足够多的记忆，知道这个环境很不寻常，"不寻常"一般都意味着"大事不妙"。更多的碎片融为一体，只不过顺序还是不对。交通工具，飞船，阿特。好吧，那就没什么不寻常的了。我穿着人类的衣服，不是制服和装甲，所以情况是符合的。我访问了另一组连接，可以确定头顶上的物体是医疗系统的相关设备。"阿特？"我想滴它一下。不对，这段记忆顺序错了。我早就把达潘送回她朋友身边了，也已经离开了阿特。

拉提希问我："你感觉怎么样？"我只能访问他身上的唯一一个标签，也没有别的什么资料可以让我分析，这个标签说他是我的人类朋友。这也太奇怪了，根本就不可能啊，经历严重故障之前的我似乎很肯定这一点。

"还好。"我回复道。

可能是因为我的状态很明显一点儿都不好，所以拉提希才会问："你知道你在哪里吗？"

我不知道怎么回答。我的缓冲区自动回复道："请稍后，我正在搜索该信息。"

"好吧。"拉提希说。

我在一个医疗室里，这些设备明显是为受了重伤经过医疗手术后，还要进行恢复的人类或强化人类准备的。舱室里有两个舱门，一个打开一个关着。我花了一分钟时间——我的意思是整整一分钟时间，我的访问速度实在是太慢了——才分辨出那扇关着的门上面的符号是用来标示卫生间的老古董标志。我居然花了整整一分钟时间做了一些完全没用的事情，我真是"太棒"了！

所以这是个用来放人类的地方，而不是用来放机器人或护卫战士的地方。难道他们以为我是人类？那我的压力可就大了，我现在没心思假装成人类啊！而且我的夹克衫和靴子都不见了。我的双脚上没有一点儿有机物，看起来也不像受伤的人类会安装的医疗强化设备。对了，我不是在一个医务室里面吗？医疗系统会立刻诊断出我是一个护卫战士，想造假都不可能。

"我不想当一个宠物机器人。"

"没人想吧。"

是古拉辛在说话。我不喜欢他。"我不喜欢你。"

"我知道。"

这话听起来好像他觉得我很搞笑一样。"一点儿都不搞笑。"

"我要把你的认知水平标记在 55% 左右。"

"滚吧你。"

"会骂人了？那还是 60% 吧。"

一段记忆突然跳了出来：公司的炮舰。

一阵恐惧涌上心头，我吓得动弹不得。

这里的舱壁磨损不堪，金属上满是刮痕，看来有不少装备都在这里存放和移动过。结论：这不是在公司的炮舰上。

撤 离 战 略
EXIT STRATEGY

有情绪的一大好处就是它可以加快我记忆存储器的修复过程，坏处则是你也知道——什么鬼？到底发生了什么？我发疯般地跑去检查我的调控中枢。不过它还是那副被我破解后的样子。正在进行的诊断结果显示，我禁用的数据端口也没有被修复。那阵突如其来的恐惧耗尽了我的氧气，所以我不得不喘了口气。我找到了防火墙的代码结构，开始重建。

"我不想变成人类。"

曼莎博士说："这恐怕很多人类都理解不了。我们倾向于认为机器人或合成体看起来像人类，所以它们的终极目标就是变成人类。"

"这是我听过的最愚蠢的事情了。"

我跌倒在地板上，忽然发现我一直在努力地重建我的记忆，甚至把它的优先级排到了我的操作代码之前。我又开启了另一个重建进程，结果只是让所有进程都变慢了。我脑内的有机部分还记得如何站立和行走，只要我让身体的其余部分重新学习这些内容，我就能很快掌握。

在尝试行走的过程中，我又收集到了更多目前的数据：这些医疗设施被改造成了复古的样式，以配合整个古老的结构。老旧的装潢和配件上处处都有印痕，那是以前的各种设备配置搬动留下的痕迹。墙上曾经铺设过大型电缆，用不上之后又取了下来。舱壁上还留有褪色的涂料和字母，是些短语和名字，都已经被刮了下来。舱口的手动控制面板实在太过时了，我都以为那是个小型艺术摆件。

外面出现一个巨大的港口，好奇怪，虫洞里应该看不到这些东西才对。除非我们并不是在虫洞里，而是在宇宙里，并且正在接近一个中转站。

从视觉上来看，那个中转站只不过是一些光点而已，飞行甲板正通过通信频道把传感器数据传输过来，这样我们就能在房间里的显示屏上近距离观察那个中转站（是啊，这样做既复杂又尴尬，不过如果你登上了一艘连信息流也没有的破飞船，那也只能这样了）。

奇怪的是，中转站有很大一部分都被设计成了一艘巨型老式飞船。等下，它就是一艘巨型老式飞船，只不过货舱区域周围建造了一个形状更传统的圆形中转环。它真是又旧又丑，不过和米卢还是不一样的；有很多大型飞船和小型补给船都停在码头上。我小心翼翼地钻出防火墙，接触到了站台信息流的边缘。

曼莎博士说:"你知道你现在在哪里吗?"

对于她来说,这个行星就是她的家。我知道这一点,因为我曾经把记忆夹寄给她位于这里的家人。那可是很重要的记忆夹,差点儿害我们都没命的记忆夹。我说:"我不喜欢行星。到处都是灰,天气也不好,经常还有怪物想吃掉人类,且更难逃脱。"

古拉辛站在她身后说:"它说它知道自己在哪里。"

飞船上没有摄像头,所以我谁都看不见。不对,等等,我可以用我的眼睛看。

"我们快到'奥克斯守护组织'中转站了。"曼莎说,"你知道发生什么事了吗?"

"我遭遇了严重故障,这不是很明显吗?"

她点了点头,说:"你击退公司炮舰遭遇的代码攻击时,让自己延伸出去太远了。你还记得这件事吗?"

我应该还记得,但我并不想谈论这件事。我问:"为什么这艘飞船又旧又烂?"

拉提希反驳道:"喂,这艘飞船可能是旧了点儿,但并不烂。想当年这艘飞船是被塞进一艘更大的飞船里带过来的,里面还有我们的祖辈,而那艘更大的飞船现在已经成了这个中转站。不过不包括古拉辛的祖辈，他是后来才来的。"

"你们的祖辈是被塞进货舱里带过来的？"我有些怀疑。我被塞进过很多货舱，但我在货舱里还从没见过人类。当然了，我也不能从箱子里面看到别的箱子，但是……算了，反正你也明白我是什么意思了。

曼莎的声音中带着笑意。我还记得她笑起来的样子。她说："他们是从一个内乱的殖民地世界里逃出来的难民，躺在冬眠箱里被带过来的，这是当时唯一的逃脱办法。那趟旅程花了他们将近两百年的时间。到达'奥克斯守护组织'之后，他们成功与另外两个早先已经有同样难民飞船驻扎的星系结成了联盟。当来自公司边缘地的飞船发现他们这群人的时候，他们拒绝了来自公司的援助，并因此保持了独立。"

我找到了一个关于"奥克斯守护组织"的存档数据文件袋。没错，我在这里的地位比普通设备和致命武器高一些，但我还是必须有一个主人。然后我就可以当一个快乐的机器人仆人，或者别的什么了。是啊，前途简直一片光明。

可能我大声说出来了，或者在某个时候大声说出来了，因为曼莎博士说："飞船上其他人都不知道你是个护卫战士。他们以为你是一个安装了很多强化设备的人类，你又在帮助我们的过程中受了伤，所以你是以难民的身份被带到这里来的。"

我居然真的转过身来用眼睛看着她。她站在我旁边，古拉辛坐在一张有便携式显示屏的椅子上，拉提希坐在长凳上，李萍靠在舱门旁边的墙上（这艘飞船真的好烂，有一股人类臭袜子的味道）。

"从技术层面来讲，最后一句话是不容置疑的。你符合法律上对难民的定义。"李萍说。

"这一切简直太跌宕起伏了。船员们都以为你是一个特殊安保人员，为了救我们才会背叛公司。"拉提希补充道。

确实太跌宕起伏了，就像一个历史冒险连续剧里面的情节，从各方面都能说得通，可都不是事实。

曼莎说："我们现在有更多选择了，因为你改变了你的外表，而且也顺利地……"她犹豫了一下，我知道她想说的其实是"假扮人类"。我记得我们针对这件事至少进行了三次谈话。"咱们还是说不被注意吧。在你完全康复之前，我想暂时先保留这些选项，等你康复之后再告诉我你想怎么办。"她小心翼翼地看着我，"在'自由贸易港'的时候，我还以为你需要很多帮助才能融入人类社会。看来是我错了，我向你道歉。"

我的目光聚焦在她身上。我说："我不想到行星上去。"

她点了点头，说："没关系，你可以留在中转环上。"

我一时语塞，不过我还是及时地把握住机会，向她询问更多细节："住在酒店里？"

"只要你愿意。"

"那得有很大的显示屏才行。"

她笑了笑，说："都可以安排。"

新的记忆不断涌现并且嵌入原位，我和所有存储媒体之间的连接也都恢复了，不过我也因此分了心，因为我忍不住想要屏蔽外部世界专心追剧。追剧也帮助我激发了神经联系，加快了我的重建过程。我们停靠在"奥克斯守护组织"中转环的时候，曼莎和李萍率先走出飞船，去引开早就等在外面的那些人类，其中有很多都是专门从星系外赶来的记者。一个船员示意我们外面安全了，拉提希和古拉辛就带着我走出了登船区。

他们带我来到一家站台行政中心的附属酒店，我入住了一间为外交人员保留的套房。这地方可真不错，虽然它的安保监控完全不够用。我一个人可以住一整套房间，虽然有些房间与其他客人住的套房是相通的。有点儿像大酒店里有个迷你酒店。

我不喜欢这样。

我回到了一个有床又有显示屏的房间里，锁上了门。一小时之后，拉提希拍了拍我的信息流，告诉我："我们建立了一个小型网络。希望能帮上你的忙。"

我小心谨慎地开始搜索。酒店在套房休息室和走廊连接处安装了摄像头，这样我就能看到这些地方的情况。

一连串新的神经连接爆发出来，随之我的身体也出现了一个复杂的情感反应。哦，对了，我经常都有复杂的情感反应，我自己也说不清楚是怎么回事。

我对代码进行了调整，确保没有人能从外部入侵新网络，然后我就打开了门锁。

曼莎在站台的另一个区域有宿舍，一般是当她公务缠身的时候才去住，她的七大姑八大姨都跑到那儿去看她，大家都为她平安归来感到高兴。李萍、拉提希和古拉辛都不得不暂住在站台上，因为隔壁行政中心的政府办公室里还有很多会要开——关于"灰泣"、担保公司以及"帕利塞德"后续事件的商谈会议。

在我们到达十二小时之后，阿拉达和欧弗思来看望了我们。

那时我已经可以访问她们的档案，并且想起来她们曾是我的客户，还是一对彼此喜欢的情侣，也很喜欢我。

我用本地摄像头网络观察了她们二十三分钟，然后走出房间让她们和我交谈。这两个人类看起来都很高兴。

阿拉达看到我后手舞足蹈，幸好她没有拥抱我。在我们抵达后的第十三个小时，她对我说："几个月之后，我们要进行一次小型的评估调查。地点是在公司边缘地之外的一个独立站点，所以没有担保公司或者……算了，我们都不用再担心那些了。我们希望你能一起去，保护我们的生命安全。虽然我不知道你想要什么作为交换。"

"它喜欢硬通货卡。如果你想对我竖中指的话，我也能坦然受之。"古拉辛说。我盯着他。

"你们得等等再讨论这件事了。"李萍告诉她们，"在完成记忆重建之前，它不能接受任何合同协议。"

"为什么？是我主人的旨意吗？"我问道。

"不是，大白痴。"李萍说，"因为我是你的法律顾问。"

那次谈话过后，大家都回去睡觉了，李萍来到我的房间，打开我的背包（我想起来后就赶紧检查了一下包里的东西，结果发现威尔肯和格斯的身份标记卡以及我没用过的那些硬通货卡都还在里面）。李萍说："从技术上来说，这些都是非法物品，所以别告诉任何人。"然后她把三个新的身份标记卡和几张硬通货卡放进我的背包里，"这些只是用来保命的，免得出差错。身份标记卡是古拉辛做的，这些硬通货卡是我和拉提希去特兰罗林希法的时候准备的，结果后来又没用上。'奥克斯守护组织'没有内部货币经济，所以这些都是从公民旅游基金中提出来的。"

"为什么给我这些？"我问。

"因为我想让你知道我们是认真的，就算你再怎么胡思乱想，我们都没有把你当成囚犯或者宠物什么的。"然后她就大步走出去了。

每当有我不认识的人上门拜访时，我都会躲进自己的房间里。就算不用躲人，我也喜欢窝在房间里，因为重建过程真的占用了我的很多内存。只要房间里有张床，显示屏上播放着电视剧，我就能舒舒服服地度过三四个小时。

抵达后的第二十九个小时，拉提希来找我。套房主休息区的大屏幕上正在播放一条新闻，大家都在那里看。曼莎也在。这条新闻采访了形形色色的人类，但主要讲的还是担保公司对炮舰受袭的事仍然耿耿于怀，已经向"灰泣"宣战了（即使我目前还处于迷迷糊糊的状态，我也知道"灰泣"肯定不会有好下场）。此外，很多其他公司和政治实体也都卷进这件事里来了，因为"灰泣"过去非法收集奇特合成物的黑历史都被披露出来。新闻中还提到了我从米卢带回来的那些数据，并且播放了威尔肯与格斯用于敲诈的那个记忆夹里的部分片段，包括"灰泣"特工和高管持有非法外星遗留物的视频（看到这部分的时候，我从后台调取了一些媒体视频出来看，因为记忆夹里的内容我早就全部看过了）。

"我们可算是彻底脱身了。"古拉辛说着朝显示屏做了个投球的动作，"这下就看他们互撕吧。"

"但我们还是要继续和那些公司打交道，所以离彻底脱身还早得很呢。"曼莎说，"不过确实可以松口气了。"

阿拉达说："护卫战士，你怎么看？"

重建过程又一次加速了，突然间，我就没有内存可以用来和人类交谈。我站起来回到了自己的房间。

重建过程已完成，认知水平恢复到100%。

抵达后的第三十七个小时，我坐了起来，大声说："你又做了蠢事。"周围的一切都那么清晰。一定要提醒自己注意，以后

永远都不要再跳进一艘炮舰里和主控电脑一起击退合成体袭击者的代码。你差点儿害得自己被删没了，杀手机器人。

我从床上爬起来，用我的摄像头对房间进行了一次短暂的扫描。大多数人类都去参加晚宴了，欧弗思和阿拉达在李萍的房间里睡着了，古拉辛正坐在他的房间里通过信息流阅读学术期刊。

我拿起背包，穿上夹克衫和靴子，溜出了套房。

这个中转站的安保措施和米卢比较像，都集中在可能出问题的区域，人多拥挤的区域或者站台商场反而没有。他们的武器扫描器都集中在码头周围，而且现有的大多都是用来运送小型商品的，几乎没有看到无人机。商场区域的设计明显是下了很大功夫，圆形的结构看起来就像是用木头建造的，还摆放了很多真实的植物，而不是用全息投影代替。甲板上镶嵌着马赛克瓷砖，上面描绘出这个星系内各大行星的动植物，信息流里还有附加标签，提供每一种动植物的信息。如果说这些瓷砖的作用是吸引旁边人类的注意力，那效果是真不错。每个人都在低头看瓷砖或者阅读信息流里的信息，没人注意到有个护卫战士在到处乱跑。

拉提希、李萍和其他人看的当地新闻里都没有提到我在这里，公司边缘地传来的新闻也只是说曼莎博士的护卫战士参与了她在特兰罗林希法的逃亡，不过由于我出色的工作表现，我将所有拍到我的安保视频都删光了，所以他们只能用我之前在"自由贸易港"留下的旧图，实际上我早就改变我以前的身体配置了。这都算不上什么大事，我根本就不用担心。

这个商场还有个不同之处，就是信息流广告会受到距离的限制，所以广告展示内容几乎只能在商店内才看得到。这也太奇怪了。我看到信息流中有两种金融系统；一种是专供旅客使用的，接受硬通货卡；另一种是专供当地居民使用的，以物易物。

幸运的是，这个售票亭接受硬通货卡。

我检查了飞船时刻表，还有些时间可以闲逛，所以我就去了站台商场里一个叫作"欢迎中心"的地方。我在其他港口都还没有见过类似的设施，不过话说回来，我也从来没有仔细留意过，所以可能只是我错过了。这里面有售货亭，也有信息展示屏，上面是"奥克斯守护组织"所有行星和中转站的信息。头上一道穿顶复刻出来自"奥克斯守护组织"不同行星的天空景象，有真人和强化人类站在旁边，如果有人想移居这些行星，就可以去向他们打听细节。为了避开这些人类，我走进了一个地方，我以为这里是个商店，结果是一家剧院。

我以前从来没有在现实生活中见到过剧院，只在娱乐节目里见过。房间中央以全息投影的方式呈现出故事，四周都是舒适的大型座位，互相之间的间隔都比较远。我知道我看的只不过是一个大型显示屏而已，但效果还是挺震撼的。这个剧目是一场长达三小时的全息演出，讲的是第一批殖民者的到达，大型飞船面临毁灭的殖民世界如何逃离的故事，基本上就是拉提希和曼莎告诉过我的那些，只不过篇幅更长。虽然语气有点儿枯燥，但还是不失为一个好故事。

演出谢幕之后，我回到了登船区，检查了一下我标记好的那艘飞船周围的活动情况。安保人员仍然没有增多。

我刷了李萍给我的一张硬通货卡，进入一个临时等候区，里面有真正的沙发和座椅，这样我就可以一边假装睡觉追剧一边监控站台安保信息流了。但还是没发现什么异常。

我要坐的那艘飞船提醒登船了，我却并没有上船。

我查看了一下站台目录，发现曼莎博士在政府行政区和港务局同一个区域里有一间办公室。她的私人住所也赫然在列（这样也太不安全了。我知道"奥克斯守护组织"认为自己是一个远离大企业的世外桃源，但咱们还是现实点儿吧）。不过反正我也不想去她家，因为她的家人都在那里，所以我就去了她的办公室。

我还是需要先绕过一些安保监控才行，至于那三个负责安保的强化人类，我只需动动手指，在信息流里制造一个出现常规故障的假警报，就可以引开他们了。这间办公室很漂亮，有一个阳台可以俯瞰行政广场区域，还有一些大型显示屏。除了沙发之外，我什么都没乱动，然后我就躺在沙发上看了八小时的剧。

我把站台信息流放到后台去了，但是仍然没听到什么安全警报，无论是客运飞船还是无人驾驶飞船周围都没有异常活动。

然后我就接收到了曼莎进入外面门厅的信号，她还带着两个人类和一个人类小孩，这孩子看起来就像缩小版的曼莎。我站起来等他们。

他们走进来，吓了一跳，纷纷停住了脚步。

我说："是我。"

"是啊，我看出来了。"曼莎抿起嘴唇，藏住了她的表情，不过她看起来并没有生气。她回头看了看其他人类，然后对我说："你先等等。"

她和那几个人交谈的时候，我走到了阳台上。这里和楼下的广场之间有一道空气屏障，聊胜于无吧，我猜。广场上有个大型

马赛克瓷砖图案，周围是一些精心设计的抽象雕塑，中间摆着真正的植物。人类和机器人都要穿过这个区域才能去往旁边的港务办公室。音频里微弱的脚步声告诉我那个人类小孩跟着我出来了。她走到栏杆边上，好奇地皱起眉头看着我说："你好呀。"

"你好。"我说，"我是你妈妈的宠物安保顾问。"

她点点头，说："我知道。她说如果我问你的名字，你可能不会告诉我。"

"她说得对。"

我们对视了十秒钟，她终于明白我是认真的。于是她补充道："她还说是你把她从一群坏蛋手里救出来的。"

"她说的应该不是'坏蛋'吧。"这个词已经是老古董了。我之所以不用查就知道它是什么意思，是因为有个刚出的新剧叫《自由星系大冒险》，是在"奥克斯守护组织"外的一个星球上拍的，本地时间二十小时前刚刚上线，里面就有"坏蛋"这个词。我有93%的把握，这个小孩也是从那部剧里面听来这个词的。

"你知道我的意思就行了。"她抱起双臂。她显然是想要从我这里获得更多信息，那她肯定要失望了，因为这是不可能的。"是你救了她，对吧？"

"没错。你想看看吗？"

她的脸上露出一副十分惊讶的表情，说："当然想看！"

我拉取了我们惊险逃脱之旅结尾部分的视频，就是我穿过特兰罗林希法的登船区和两个护卫战士、一个战斗型护卫战士大战三百回合，以及我们在穿梭飞船上艰难逃生的视频。我快速编辑了一下，删掉一些血腥的特写镜头，然后把视频发到她的信息流里。

看视频时，她的目光有点儿呆滞。然后她用一种小孩常见的虽然很惊讶但尽量不表现出来的语气说："哇！"

"你妈妈也救了我。她用一个声波采矿钻头打倒了一个护卫战士。"

她看完视频，又对我皱皱眉头，说："所以你是个护卫战士吗？"她做了个动作，像耸肩又不像，我也不知道她是什么意思。"当个护卫战士会不会……有点儿奇怪啊？"

"确实挺奇怪的。"我说。这是个复杂的问题，但答案再简单不过了。

曼莎也走到了阳台上，严厉地指了指办公室后面的座位区。人类小孩挥手向我告别，然后乖乖地走到那边去坐下了。曼莎靠

在我旁边的栏杆上，说："我还怕你又不辞而别了。"

"我也考虑过要跑。"她的目光一直落在广场上，这样我才能看向她的侧脸。

"你认真思考过你将来想做什么吗？"她沉默了二十秒，看着楼下广场上人来人往说道。

"追剧。"

她抬起了眉毛，我的文档里对她这个表情是这样解释的：我知道你在故意搞笑，但一点儿都不好笑。不过她这个表情一般是针对拉提希和古拉辛的。"依我看，如果你只想追剧的话，你早就不知道跑到什么地方去了，而且也绝对不会去米卢。"

"我在去米卢的路上追了很多剧。"严格来说，这话算不上反驳，但我认为这是很重要的数据。

"古拉辛给我看了你分享给他的视频。"她指的是我和艾尔斯那群人一起在飞船上的时候拍下的那些视频，"你在帮助那些人。"

"我帮不了他们。他们签了卖身契。"

从她的反应中，我看出她明白我是什么意思了。"你是说你去得太晚，所以帮不了他们。"她本想转过来看着我，却又一次望向了广场，"但你的本意还是想帮他们的。"

"我的程序命令我必须帮助人类。"

她挑了挑眉,说:"你的程序也没命令你喜欢追剧啊。"

她说得也太有道理了。

她继续说道:"我之所以这么问你,是因为'晚安登陆者'独立公司向你发来一份工作邀请。"

"他们想买我?我还以为在他们管辖的区域内我是非法的。"好吧,这可真是意外之喜。

"拥有一个护卫战士确实是非法的。"曼莎纠正道,"他们只是想雇用一个叫林顾问的人,他们怀疑这个人长期生活在'奥克斯守护组织'的某个地方,至于这个人的公民身份状态如何,那都是无关紧要的事了。"她笑了,"我想他们就是这么说的。"

"他们居然想雇一个护卫战士?"我还是不敢相信。

"他们想雇一个从战斗机器人和在杀手的魔爪下拯救了评估小队的人,他们并不在乎这个人究竟是什么身份。"她又看了我一眼,"还有,我和巴拉德瓦杰博士谈过了,她希望你能考虑把你的故事公之于众。不是当成新闻来发表,而是作为一系列文件的一部分。其实'奥克斯守护组织'一直在推动一项运动,旨在为合成体与高级机器人争取完整的公民权益,目前规模还比较小。

她是这么想的，如果你能用自己的话把你的经历完整讲述一遍，那么你的话对这个运动一定会有莫大的助益。就算你只同意把你离开'自由贸易港'之前发给我的消息公布出来，作为'灰泣'事件公开报道的一部分，那样也会很有帮助。她想和你仔细讨论一下这个想法，只要你愿意考虑。"

好吧，我想我应该大惊失色的。这个想法也太可怕了，但也挺吸引人的。我说："就像娱乐频道里的纪录片一样记录我的事？"

曼莎点了点头，说："我再次向你保证，这件事情一点儿都不着急。我只想让你知道，你现在有很多选择。依我看，以后你这位安全顾问收到的工作邀请和诚心请教只会源源不断。既然你现在在这里有朋友了，你就可以多跟朋友商量，或者不管你想做什么、想去哪里都可以由你自己来决定。"

我确实有很多选择了，而且也不用急着做决定。这样正合适，因为我还是不知道我自己究竟想要什么。

但至少我现在有个地方可以好好待着，直到我想出来为止。